아무튼, 뜨개

아무튼, 뜨개

서라미

차례

뜨개를 안 해보셨군요

책이 인생을 바꾼다고요? 뜨개를 안 해보셨군요

서평가 금정연은 원고지 1매의 가치를 택시비로 헤아리고, 작가 구달은 원고료 1매의 가치를 양말값으로 가늠한다. 나는 원고지 1매의 가치를 실과 바늘값으로 셈한다. 원고지 1매로는 여름이라면 면 100퍼센트 오가닉 실 한 볼을, 겨울이라면 메리노울에 이크릴이 조금 섞인 트위드 실 한 볼을 살 수 있다. 손잡이가 실리콘으로 마감된 코바늘 두 자루, 전체가 금속으로 된 코바늘 네 자루, 대나무로 만들어진 중간 두께의 줄바늘 네 개를 살 수 있다.

어떤 때는 아직 입금되지 않은 번역료를 당겨서 미리 실을 사기도 한다. 계약서대로라면 다음 달에는 번역료가 들어올 테니 그때에 맞춰 카드 대금이 빠져나가도록 정교하게 계산한 날짜에 장바구니를 턴다. 문제는 약속한 날짜에 번역료가 들어오지 않을 때가 많다는 것인데, 아무래도 실을 사고 싶은 욕심에 모르는 척 구매 버튼을 누르는 때는 그보다 더 많다.

작년 봄에 구매한 것은 얀볼이었다. 얀볼이란 말 그대로 실(yarn)을 담는 오목한 그릇(bowl)이다. 원고 마감을 자축하는 의미로 얀볼을 주문한 이유가 있었다. 뜨개를 해야 비로소 보이는 신기한 도구가 많은데 그중 얀볼은 내게 가장 인상적인 물건이었다. 아무리 취미는 장비발이라지만 이런 것까지 구매하게 될 줄은 몰랐다. 얀볼에게는 미안하지만 이런 것이라고 표현한 이유는, 뜨개를 시작하기 전에는 얀볼의 존재를 몰랐고 뜨개를 시작한 뒤에는 얀볼 없이 잘 지내왔기 때문이다. 얀볼을 왜 사? 그 돈으로 실을 더 사지. 송곳으로 구멍만 뚫으면 빈 고추장 통도 얀볼이 되는걸. 그랬던 내가 만 원에 가까운 해외 배송료를 감수하고 얀볼이라는 물건을, 심지어 세라믹으로 된 무거운 얀볼을 구매한 이유는 순전히 거기에 적힌 문장 때문이었다. 나는 감히 이 문장이 뜨개의 정수라고 믿는다.

"I Knit So I Don't Choke People."

나는 뜨개 덕분에 다른 사람을 숨 막히게 하지 않는다. 오랜 취미 방랑에 종지부를 찍고 뜨개에 정착한 비결이 바로 이 문장 안에 담겨 있다. 거창한 이야기를 하려니 부끄럽지만, 나는 뜨개를 하면서 마음의 평화를 찾았고, 불안감에 못 이겨 주변 사람들을 (어떤 방식으로든) 힘들게 하지 않게 됐고, 그런 면에서 뜨개가 내 인생을 바꿨다고 생각한다.

"인생을 송두리째 바꾼 단 한 권의 책!"

서점에서 봤는지 책 소개 하는 방송 프로그램에서 봤는지 기억이 가물가물하지만, 이런 미사여구가 붙은 책을 종종 만날 때가 있다. 그런 책은 한 번 더 들춰본다. 혹시 내 인생도 달라지려나. 책 한 권에 인생이 바뀔 리 없다는 걸 알면서, 얄팍한 마케팅 문구에 어디 속나봐라 하면서도 손이 멋대로 움직인다. 하지만 이제 책 한 권에 인생을 운운하는 사람을 보면 이렇게 생각한다. 이 사람은 뜨개를 안 해봤구나. 단언컨대 내 인생을 바꾼 것은 책이 아니라 뜨개다. 책의 영향력이나 그걸 만드는 데에 드는 편집자의 노력을 폄하할 생각은 없다. 책 만드는 일에 필요한 여러 노동력 중 하나를 제공하며 경제활동을 이어가는 나지만, 내 정신세계에 미친 영향력을 생각해보면 아무래도 뜨개가 책보다 윗길이다. 책이 사랑에 관한 논픽션이라면 뜨개는 연애편지랄까.

참고로 나는 안경을 코에 걸치고 흔들의자에 앉은 할머니가 아니다. 바느질이나 꽃꽂이 같은, 흔히 말하는 여성스러운 취미와는 거리가 먼 삶을 살아왔다. 평생의 취미를 찾아 방황하던 내게 남편은 가구 만들기를 권했다. 크고 단단한 재료를 갈고 깎고 자르는 게 나와 어울린다나. 그러던 어느 날 운명처럼 뜨개를 만났고, 나는 뜨개인이 됐다.

그래서, 뜨개가 인생을 어떻게 바꿨느냐고? 한마디로 나는 뜨개 덕분에 속 편한 사람이 됐다. 속 편한 사람이라니…. 조금 다르게 표현해볼까. 느긋해졌다. 조바심을 내지 않게 됐고 기다리는 법을 알게 됐다. 무엇보다 힘 빼고 사는 법을 배웠다. 간단하게 들리지만 결코 쉬운 일이 아니다. 우리는 모두 인정받기를 원하고, 다른 사람의 평가 앞에서 가을 코스모스처럼 한없이 흔들리고, 그러면서도 짐짓 태연한 척 어깨에 힘을 주느라 승모근이 늘 뭉쳐 있지 않은가. 속 편한 사람이 되는 게 마음만 먹으면 누구나 할 수 있는 일이라면, 서점가에 심리 치유 에세이가 쏟아지고 그 많은 사람이 심리상담사를 찾는 이유를 설명할 수 없다.

나도 그랬다. 자고로 착한 아이는 성실해야 하고, 훌륭한 사람은 바빠야 하는 법. 착하기 위해 성실한 아이였던 나는 훌륭하기 위해 바쁜 사람이 됐다. 하지만 더는 못 하겠다 싶을 만큼 열심히 일하고도 그 끝에 남는 건 뿌듯함이 아니라 불안감이었다. 하마터면 열심히 살 뻔했다고 후회하기에도 늦었다. 이미 걷잡을 수 없을 만큼 성실하게 살아버린 나 같은 사람이 그 모든 인정 욕구를 버리고 느긋해진다는 건, 스크루지 영감이 하루아침에 기부왕이 되는 것만큼이나 어렵고 비현실적인 일처럼 보였다.

특히 프리랜서인 나는 마감을 한 뒤 어김없이 밀려드는 조바심을 어떻게든 견뎌야 했다. 책 한 권을 끝내고 다음 책이 들어오기 전까지의 공백기를 맞닥뜨릴 때마다 우울감에 빠지지 않기 위해 무던히 애를 썼다. 그때마다 몰입할 대상을 찾아 헤맸다. 독서와 요리, 그림과 운동, 심지어 판화까지. 할 일이야 얼마든지 만들 수 있었지만 몸을 아무리 바쁘게 움직여도 머릿속 한구석에는 의문이 사라지지 않았다. 언제쯤 새로운 책이 들어올까. 의문은 반드시 불안감과 함께 왔다. 영영 일감이 안 들어오면 어쩌지, 이대로 백수가 되면 어쩌지. 경제활동이 가로막힌다는 실질적 불안감도 없지 않았지만, 사회에서 쓸모없는 사람으로 취급받을지 모른다는 심리적 불안감이 더 컸다. 그러다 우연히 뜨개를 시작했고, 뜨개에 빠졌고, 더는 다른 취미를 찾아 헤매지 않게 됐다. 뜨개를 한다고 의문이 없지는 않았다. 언제쯤 새로운 책을 번역하게 될까를 여전히 생각했지만 신기하게 불안하지 않았다. 일이 안 들어오면 어때? 뜨개를 하면 되지. 뜨개를 하면서는 타인의 평가나 인정, 내 사회적 쓸모 같은 것을 생각하지 않았다. 뜨개를 시작하고 비로소 공백이 휴식이 됐다.

스크루지 영감의 괴팍한 수전노 기질을 한 방에 고쳐준 게 유령이었다면, 내 성실 강박증과 인정욕구와 조급증을 치료해준 건 뜨개다. 책이 30년 넘게 주지 못한 답을 뜨개는 단 2년 만에 안겨주었다. 대체 뜨개가 뭐기에? 뜨개의 어떤 점이 이렇게 강력한 치유력을 발휘하는 건지 궁금했다. 하지만 시중에 나온 뜨개 책은 모두 뜨는 기법만 알려줄 뿐, 뜨개가 마음에 미치는 영향을 다룬 책은 없었다. 그렇다면 별수 있나. 직접 찾는 수밖에.

말하자면 나는 뜨개라는 마법의 작동 원리를 밝혀줄 열쇠를 찾는 중이다. 실과 바늘을 움직이는 일이 어떻게 한 사람의 내면까지 바꿀 수 있는지 그 비밀을 풀어줄 뮤즈를 오늘도 찾아 헤맨다. 뮤즈를 찾아 인스타그램을 네이버 카페를 아마존을 래블리를 떠돈다. 그러다 또 한 번 뜨개의 정수를 담은 소품을 발견한다. 이번에는 뜨개 가방에 붙이라고 만든 배지다. 쓸모없기로는 얀볼보다 한 수 위다. 하지만 이내 결제 버튼을 누르고 만다. 대바늘을 움켜쥔 주먹 모양 배지에는 이렇게 적혀 있다.

"Femiknit!"

커피가 중독성이 강하다고요? 뜨개를 안 해보셨군요

뜨개 하는 사람이라면 누구나 안다. 일단 뜨개인이 되면 아무리 피곤한 날에도 잠들기 전 최소 한 단은 뜨지 않을 도리가 없다. 행여 못 견디게 피곤해 그 날의 뜨개를 건너뛰었다면, 다음 날은 그 전날 몫까지 두 배를 뜨게 된다. 그렇게 뜨개에 할애하는 시간의 총량은 일정하게 유지된다. 우리는 뜨개 중독일까. 중독의 의학적 정의까지 들먹일 생각은 없다. 하지만 의학계가 내놓은 분석에 따르면 중독에는 내성과 금단현상이라는 두 가지 증상이 있다. 여기에 뜨개를 끼워 넣으면 제법 들어맞는 것 같다.

첫 번째 증상, 내성이라…. 처음에는 30분만 뜨다가 어느새 한 시간이 되고 두 시간이 되면서 뜨개 시간이 자꾸 늘어나는 그거? 처음에는 아크릴로도 잘만 뜨다가 어느새 울에서 모헤어로, 모헤어에서 캐시미어로 점점 고급 실을 찾게 되는 그거? 아니면 처음에는 파란색 실이면 뭐든 괜찮았다가 어느새 진파랑색 실과 오션블루색 실과 청록색 실을 다 갖고 싶어지는 그거? 유명 브랜드의 고급 대바늘 세트를 경험한 뜨개인은 저렴한 바늘로 돌아가기 어렵다. 도구를 보는 눈이 높아졌기 때문이다. 이런 게 내성이 아니면 무엇이겠는가.

두 번째 증상, 금단현상. 뜨개를 하지 않고는 못 견뎌 자꾸 뜨개를 하고, 편하게 뜨개 할 수 있는 환경을 만드는 데에 시간과 에너지를 쏟기 시작한다. 나는 침대에 눕다시피 앉아 뜨개를 하다 허리 통증이 시작되면서 좌식 의자를 샀다. 좌식 의자에 앉으니 허리는 괜찮았지만 엉덩이가 배겨 이제는 무중력 의자를 알아보는 중이다. 취미였던 뜨개가 점차 삶의 중심이 되면서 뜨개 말고 다른 일에는 큰 재미를 느끼지 못한다. 심지어 팔목에는 파스를, 손가락에는 밴드까지 붙이고도 뜨개를 멈추지 않는다. 보다 못한 남편이 "뜨개를 좀 줄여야 하는 거 아냐?"라고 걱정을 한다. 처음에는 잠깐 정신이 들어 조절하려 노력하지만 쉽게 줄이지 못한다. 뜨개를 하지 않는 삶은 상상할 수 없다.

캐나다의 뜨개 작가이자 뜨개 커뮤니티의 운영자인 스테파니 펄 맥피는 뜨개가 중독의 대상인지 아닌지 단언하기는 어렵다고 했다.* 뜨개인마다 체질과 능력과 경험치가 다르기 때문이다. 무엇보다

* "What is Knitting and How Does it Get Like This?," *Knitting Rules!*, Storey Publishing, 2006, 14~16쪽.

어떤 사람이 뜨개 중독인지를 보려면 그에게서 실을 빼앗았을 때 어떻게 행동하는지 봐야 하는데, 그건 뜨개인으로서 차마 못 할 짓이라고(그는 진정한 뜨개인이다). 대신 뜨개에 '관여'된 정도를 네 단계로 나눠 설명했다.

첫 번째는 뜨개가 재미있는 단계. 하루 중 일부를 실과 관련한 활동을 하며 보내는 사람이다. 이들은 여가 시간에 뜨개 수업을 듣거나 뜨개 모임에 간다. 가끔 실을 사기도 하지만 생활에 지장을 줄 정도는 아니다. 뭘 뜰지 뚜렷한 계획이 있을 때만 실을 사고, 이따금 서점에 가느라 실 가게를 지나치기도 한다.

두 번째는 뜨개에 집중하는 단계. 이들은 모임이나 수업뿐 아니라 혼자 있을 때도 뜨개를 한다. 가족이나 친구에게 자기가 뜬 작품을 자주 보여주고, 이들을 뜨개의 세계에 끌어들이려 노력한다. 계획에 없던 실이라도 부드럽거나 할인을 하면 산다. 무엇보다 문어발을 즐긴다. 서점에 가기는 하지만, 책 읽는 시간이 많지 않다. 뜨던 실과 바늘을 내려놓고 책을 읽는 자신의 모습을 이따금 상상한다.

세 번째는 뜨개에 집착하는 단계. 일도 하고 육아도 하고 살림도 하지만 그걸 뺀 나머지 시간의 대부분을 뜨개로 보낸다. 실 쇼핑을 자주 하고, 실에 대한 이야기를 자주 하고, 뜨개 하는 꿈을 자주 꾼다. 서점에 가면 오로지 뜨개 코너만 본다.

마지막 네 번째는 뜨개에 사로잡힌 단계다. 모르는 사람이 입고 있는 스웨터의 무늬를 분석하느라 자신도 모르게 쫓아가기도 하고, 자동차나 비행기보다는 시간이 오래 걸리더라도 뜨개를 할 수 있는 기차를 선호한다. 다른 일을 하지 않아도 되게끔 뜨개를 직업으로 삼을 방법을 연구하기 시작한다. 이쯤 되면 주변에서 이 사람을 부르는 호칭에 반드시 뜨개라는 명사가 들어가지만 정작 본인은 별로 신경을 쓰지 않는다.

여기까지 읽고 어느 단계에 속하는지 생각해봤다면 이미 뜨개 중독자거나 고관여 뜨개인일 확률이 높다. 흠, 고관여라니…. 관여라는 표현은 역시 밋밋하다. 그냥 중독이라고 해도 괜찮지 않을까. 나는 어디에 속하는가 하면, 주로 혼자 뜨개를 하다 벽에 부딪혀 선생님을 찾게 된 단계다. 서른여섯 칸의 책장 중 네 칸이 뜨개 책으로 채워져 있다. 28인치 캐리어 하나와 특대형 이불 보관 팩 하나가 실로 가득 차 있고 제자리를 찾지 못한 실들이 책상 주변과 바닥에 쌓여 있지만, 그럼에도 할인을 하거나 성분 좋은 실을 발견하면 카드를 긁는다. 이따금 어깨가 아플 때는 바늘을 내려놓고 종이책을 읽기도 하지만, 최근에는 뜨개를 하면서 들을 수 있는 전자책을 선호하게 됐다. 글을 쓰면서부터 뜨개 하는 시간이 줄기는 했지만 일하는 시간을 제외하면 여전히 뜨개 하며 보내는 시간이 가장 많다. 나는 뜨개 중독 2단계와 3단계 사이 어디쯤인 것 같다.

관여든 중독이든 이름이야 아무려면 어떠랴. 뜨개는 알코올중독처럼 남에게 피해를 주지도, 마약이나 도박중독처럼 가정을 파탄 내지도 않는데. 마음이 충만해지는 대신 관절이 조금 아플 뿐이다. 그렇게 파스와 밴드의 도움으로 완성한 편물은 사랑하는 사람에게 선물로 갈 때가 많다. 이토록 이타적인 중독이 또 있을까.

언제부터인가 나는 무엇을 하든 뜨개를 빼놓을 수 없게 됐지만, 내 일상이 이렇게 바뀐 건 그리 오랜 일이 아니다. 이따금 처음 뜨개를 하던 순간을 떠올린다. 인생의 중요한 일들은 조용히 찾아온다고 했던가. 뜨개를 시작한 데에는 특별한 계기랄 게 없었다. 내가 뜨개를 선택한 게 아니라 뜨개가 나를 찾아왔다고 할 수밖에.

수세미 뜨개 키트가 눈에 들어온 건 순전히 우

연이었다. 포털사이트가 무슨 알고리즘으로 내게 수세미 뜨개 키트를 보여줬는지 모르지만 아무튼 적중했다. 수세미가 이렇게 예쁘다니. 심지어 직접 만들 수 있다니. 구름처럼 폭신해 보이는 호빵 수세미로 설거지를 한다면 내 손도 그릇도 행복할 것 같았다. 삶의 질이 별건가. 게다가 어차피 매번 사야 하는 수세미를 직접 만들어 쓴다면, 이거야말로 자본주의와 대량생산에 반기를 들고 만드는 손과 쓰는 손에 즐거움을 주자는 DIY 운동의 실천이 아닌가. 수세미 실 한 볼이면 호빵 수세미를 네댓 개는 만들 수 있다고 하니 이 정도면 알뜰 주부 예약이다. 많이 만들어서 엄마도 주고 언니도 줘야지.

이틀 뒤에 받은 택배 상자 안에는 파스텔톤 수세미 실 다섯 볼과 코바늘 하나가 가지런히 담겨 있었다. 수세미 실은 보기와 달리 부드럽지도 폭신하지도 않았다. 실 양옆에 달린 날개가 가실가실했다. 이것이 수세미 실을 수세미 실이게 하는 본질이리라. 손가락 끝에 닿는 수세미 실의 가실함만큼이나 마음도 간질간질했다. 모처럼 설레는 마음으로 한 손에 실을 한 손에 코바늘을 잡고 쇼핑몰에 링크된 동영상을 재생했다. 먼저 작은 원으로 시작해 지름을 늘려가며 손바닥만 한 크기로 만든 다음 다시 지름을 줄여가며 작은 원으로 끝낸다고? 오케이, 그 정도쯤이야.

고작 수세미라고 우습게 본 게 잘못이었다. 실이 수세미가 되는 과정은 생각만큼 간단하지 않았다. 가실한 날개를 뚫고 실의 심지를 볼 수 있어야 만들 수 있는 게 수세미였다. 매직링? 기둥코? 실을 감아서 두 코를 뺐다가 한 코를 빼? 눈이 뱅글뱅글 돌았다. 이토록 고차원적인 탄생 과정을 남몰래 품고 있었을 줄이야. 개수대에 걸린 수세미가 다시 보였다.

유튜브에서 초보 수세미를 검색했다. 유뷰트가 추천해준 영상을 타고 들어가다 보니 왕초보 수세미에서 왕왕왕초보 수세미까지 재생하게 됐지만 여전히 한 코를 나아가기가 어려웠다. 이렇게 어려운 걸 다들 저렇게 쉽게 만들다니. 예쁘다고 덜컥 수세미부터 시작할 게 아니었다. 코바늘 기초부터 알아야 했다. 코바늘 기초를 검색하니 목록 맨 위에 김라희가 있었다. 자네 코바늘 한번 모질게 배워보지 않겠냐는 유튜버 김라희의 권유로 사슬뜨기부터 시작했다. 자기 키만큼 사슬뜨기를 하고, 다시 자기 키만큼 짧은뜨기를 하고 다시 자기 키만큼 한길긴뜨기를 하라는 김라희의 자코빡('자네 코바늘 한번 빡세게 배워보겠는가') 영상은 다시 봐도 명작이다. 구보즈카 요스케 주연의 영화 〈고(GO)〉를 본 사람이라면 이 대사를 기억할 것이다.

"왼팔을 뻗어라. 그리고 제자리에서 한 바퀴를 돌아라. 그 공간이 너라는 인간의 크기다."

이 말을 김라희에 빙의해 이렇게 바꾸고 싶다.

"왼손에 실을 오른손에 코바늘을 잡으세요. 그리고 자기 키만큼 사슬뜨기를 하세요. 그 길이가 여러분이라는 사람의 크기입니다."

내가 감당할 수 있는 범위의 최대치이자 그 이상은 내 것이 아니게 되는 경계를 김라희는 키로 설명했다. 참고로 김라희는 구독자 10만 명을 달성한 기념으로 청각장애 뜨개인을 위해 자막 전문 인력을 고용했다. 내 한계를 아는 사람만이 다른 사람의 원 안으로 들어가 원의 크기를 키워줄 수 있다. 시원시원하면서도 키 높이에, 아니 눈높이에 꼭 맞는 설명을 들으며 열심히 내 키만큼의 사슬을 뜨고 있으려니 몽실몽실 구름 같은 호빵 수세미가 자꾸 눈에 어른거렸다. 머지않아 오동통한 호빵 수세미를 뜨고 말리니.

그렇게 뜨개가 나를 찾아왔다.

술이 영혼을 위로한다고요? 뜨개를 안 해보셨군요

“뜨개로 위로받은 경험이 있다면 그걸 써보시는 건 어떨까요?”

『아무튼, 뜨개』에 포함되었으면 하는 글에 관해 이야기를 나누다 담당 편집자에게 이 질문을 받고서 올 것이 왔구나 생각했다.

“이, 위로받은 경험요? 네. 그렇죠. 그런 글도 있어야죠.”

끄덕이던 고개는 여전히 끄덕이는 중이었다. 명색이 뜨개로 책을 쓰겠다는 사람이 “그런 경험 없는데요”라고 이실직고할 수는 없었다.

이 책의 출간 기획서를 준비할 때부터 나는 ‘뜨개를 안 해보셨군요 3부작’을 구상하고 있었다. 뜨개를 책에 빗댄 1부와 커피에 빗댄 2부는 쉽게 써졌다. 평소 해오던 생각에 내 일상과 책에서 읽은 내용을 덧붙이니 금세 두 편이 나왔다. 하지만 술에 빗댄 3부는 아니었다. 첫 문장부터 막히더니 한 페이지를 벗어나기가 힘들었다. 쓴 글을 다시 읽어봐도 신문 기사인지 보고서인지 알 수 없는 글이 되어가고 있었다. 왜 이렇게 안 써지지? 한참을 생각한 끝에 답을 찾았다. 뜨개를 시작한 뒤로 위로가 필요할 때가 없었던 것이다. 속상해서 술을 마신 기억도 까마득한 옛날이었다. 맙소사, 이토록 위대한 뜨개라니. 뜨개의 힐링 효과를 입증하는 이보다 훌륭한 사례가 있을까.

그러나 얼마 뒤, 그것이 끝이 좋으면 다 좋다고 생각하는 단순하기 짝이 없는 내 착각이었다는 사실을 깨달았다. 세상에 위로받을 일이 없는 인생은 없고, 너도 마찬가지야. 두 번째 자아가 정신 차리라며 이마를 콕콕 짚어준 순간, 머릿속에서 그 밤의 일이 떠올랐다.

그날 밤, 나는 음주 뜨개를 하고 있었다. 음주 뜨개를 하는 사람이 있다고는 들었지만 내가 하게 될 줄은 몰랐다. 맥주 한 캔에 무장해제되어 황소윤의 〈zZ'City〉를 연속 재생하며 애꿎은 모헤어 스웨터의 겉뜨기만 무던히도 반복했다. 좋게 말하면 안정적이고 나쁘게 말하면 단조로웠던 최근의 일상 가운데 그날은 아주 오랜만에 감정이 요동친 날이었다. 모처럼 광화문 교보문고에 다녀온 날이기도 했고, 그에 앞서 한 출판사로부터 내 기획서에 대한 답장을 받은 다음 날이기도 했다. 그러니까 나는 모 출판사에 『아무튼, 뜨개』의 출간 기획서를 송고했고, 그 결과를 들은 지 얼마 되지 않은 참이었다. 답은 거절이었다.

번역 기획서를 돌리며 출판사로부터 숱하게 거절 메일을 받아봤지만, 이번에는 달랐다. 거절의 이유가 내게 있지 않았다. 출판사의 내부 사정 때문에 당장은 계약 관련 일을 할 수 없다고 했다. 처음에는 새로운 거절법인가 싶었다. 하지만 이내 메일에 적힌 그대로가 사실일 거라 믿었다. 그저 거절이 목적이었다면 쉽고 편리한 이유는 차고 넘쳤다. 낯선 소재라 자신이 없다든지, 그동안 낸 책과는 어울리지 않는다든지. 생면부지의 상대방에게 굳이 내부 사정이 뭔지 상세히 밝혀가며 거절 이유를 둘러대는 출판사는 많지 않다. 생각이 여기에 미쳤을 때 답장을 쓰기 시작했다. 내부 사정에 대한 안부와 함께 '만약 제 원고의 문제가 아니라면 상황이 정리되실 때까지 기다리겠습니다'로 요약되는 내용이었다. 밤 10시 조금 안 돼서 받은 메일에 답장을 쓰고 나니 새벽 5시가 조금 지나 있었다. 새벽에 쓴 글은 함부로 내보이는 게 아니다. 아침에 다시 읽어본 뒤 보내기로 하고 잠이 들었다.

아침, 느지막이 눈을 떠 답장을 보내야겠다고 생각했다. 새벽까지 깨어 있던 걸 알고 남편이 기분을 물었다. 밤새 써둔 메일의 내용을 말하자 남편은 할 말이 많은 표정을 짓고는 잠시 뒤 이렇게 말했다.

"여보, 거절은 그냥 거절이야. 거절에는 깔끔하게 네, 알겠습니다 하는 게 예의야."

그 거절이 왜 '그냥 거절'이 아닌지 내가 생각한 이유를 말했지만, 남편은 꽤 확신에 차 있었다. 내 원고가 정말 좋았다면 그쪽에서 먼저 기다려달라는 말을 왜 안 했겠냐는 남편의 반론에는 딱히 할 말이 없었다. 우물쭈물하는 사이 남편이 케이오 펀치를 날렸다.

"기다려달라고 할 만큼 좋지는 않았던 거야."

그렇게는 생각해보지 않았다. 맨 처음 받았던 메일에는 내 원고에 대한 나쁘지 않은 평가가 담겨 있었다. 출판사가 말한 내부 사정이 사실일 수도 있는 것 아닌가. 하지만 남편은 사회생활 경험이 나보다 많다. 그래, 비즈니스 쪽으로는 내가 좀 약하지. 역시 새로운 거절법이 맞았나 보다. 새벽 내내 쓴 장문의 메일을 삭제하고, 건조한 문장에 예의만 더해 답장을 보냈다.

"말씀하신 뜻 잘 알겠습니다. 숙고해주셔서 감사합니다. 다음 기회에 더 좋은 글로 뵐 수 있기를 희망합니다."

보내기 버튼을 눌렀다. 눈앞에서 육중한 철문

이 닫힌 기분이었다. 아쉬운 만큼 다른 문이 열릴 가능성을 만드는 데에 집중하는 수밖에 없었다. 곧바로 새로운 출판사에 기획서를 보냈다. 다시 기다림의 시간이었다.

기다리는 동안 할 일이 없었다, 뜨개 말고는. 초봄에 뜨다 만 파란색 모헤어 스웨터를 집어 들었다. 처음 떠보는 부텀업 심리스 방식이었다. 몸통을 뜨고 소매 두 개를 뜬 뒤 몸통과 소매를 합쳐 목까지 올라가는 구조였는데, 때마침 몸통과 소매를 합체하는 절차를 앞두고 있었다. 합체하고 나니 한 단이 300코에서 조금 모자랐다. 이제 콧수를 셀 것 없이, 편물을 뒤집거나 손을 바꿀 일도 없이 단의 시작을 알리는 링이 나타날 때까지 무념무상 겉뜨기만 하면 됐다.

달리기가 뇌에 미치는 효과에 대한 기사를 본 적이 있다. 달리느라 호흡이 가빠지면 뇌는 오로지 산소 공급에만 집중하는데, 그럴 때 달리는 사람은 생각을 잊게 된다. 그렇게 잠시 전원이 꺼졌던 뇌는 달리기를 마치고 새로운 전원이 공급되면 전보다 기운차게 움직인다. 뇌 속에 고속도로가 뚫린 것처럼 생각이 마구 뻗어 나간다. 글이 잘 써지지 않을 때마다 달리기 덕을 본 데에는 과학적인 근거가 있었다.

그리고 경험해본바, 뜨개에도 비슷한 효과가 있다.

뜨개를 하는 동안 손은 쉴 새 없이 움직인다. 눈으로 본 도안을 손으로 재현하는 과정에는 집중력이 필요하고 그러는 동안 뇌는 단순해진다. 머릿속이 단순해지면 버려야 할 생각과 간직해야 할 생각이 보인다. tvN 예능 프로그램 〈신박한 정리〉에서 MC 신애라는, 필요하지 않은 물건을 버리면 필요한 것을 더 소중히 간직할 수 있다고 했다. 생각도 마찬가지가 아닐까. 머릿속에 복잡하게 얽혀 있던 생각에 버림과 간직이라는 이름표를 붙이고 나면, 집중해야 하는 것에 몰입하기 쉬워진다. 소모적인 생각을 훌훌 털게 해주는 것은 덤이다. 요즘 같은 시대에 취미로부터 얻을 수 있는 이보다 유용한 효과가 있을까. 핀터레스트에 떠도는 뜨개 격언, "뜨개는 취미가 아니다. 아포칼립스 시대를 버티게 해주는 생존기술이다"라는 말은 진리다.

생각을 비운 채 무한 걸뜨기에 빠져 요크단을 쌓아 올리다가, 서점에 다녀와야겠다고 생각했다. 기분 전환도 할 겸 책이나 보고 오자. 새로 나온 뜨개책도 궁금했고, 해외 뜨개 잡지의 이번 호도 아직 구매하지 못했다. 퇴근 시간을 피하려면 바로 나서야 했다. 그렇게 바늘을 내려놓고 바람을 쐬겠다고 나선 서점에서였다, 맥주 생각이 간절해진 것은.

장강명 작가가 격주 토요일마다 연재하는 한겨레신문의 칼럼 중에 이런 제목의 글을 본 적 있다.

"형편없는 신간에 '이런 책 나도 쓰겠다' 분노하시는 분들에게".

애초에 그런 기분으로 서점에 가는 게 아니었다. 그날따라 매대는 힐러의 책 천지였다. 온갖 동물들이 고개를 내밀며 괜찮다고, 서두르지 말라고, 곧 멋진 인생이 시작될 거라고 말하고 있었다. 아니, 날 언제 봤다고. 오호통재라, 동물도 책을 내는데….

그날 밤, 나는 황소윤의 멜랑콜리한 목소리에 훌렁훌렁 어깨를 맡긴 채 에라 모르겠다, 될 대로 되라 하며 술 마시고 뜨개 하는 기계가 되고 말았다. 황소윤의 노래는 달빛이 비추면 너는 시가 되고 나는 노래를 짓는다는 더할 나위 없이 낭만적인 것이었지만, 그중 내 귀로 날아든 가사는 오직 한 줄이었다.

"Isn't it too dark?"

정말이지 어둡고 긴 밤이었다. 내 책은 안 내주고 동물 책만 내주는 출판계의 미래도 내 마음만큼이나 어두워 보였다.

새로운 출판사에서는 이렇다 할 만한 반응이 없었다. 다시 월요일 아침, 평소보다 일찍 눈이 떠졌다. 마지막 출판사에 메일을 보낼 생각이었다. 이번에도 거절당하면 내 글이 '아무튼 시리즈'로 세상에 나올 가능성은 사라진다. 고심 끝에 내 글의 타깃 시장이 얼마나 큰지, 이 시장이 얼마나 유망한 블루오션인지 토로한 글을 샘플 원고에 추가하고 보내기 버튼을 눌렀다.

진인사대천명이라. 옛날에 어느 작가가, 신춘문예에 원고를 보내고 발표만 기다리며 애태우는 예비 작가에게 했다는 조언이 떠올랐다.

"원고를 우체통에 버리고 왔다고 생각해라."

차라리 우체통에 넣었다면 보이지나 않지. 출간 기획서를 보낸 뒤 나는 하루에도 몇 번이나 수신 확인을 눌렀고, 보낸 메일을 읽고 또 읽었다. 유튜브 타로점을 열댓 번쯤 봤을 때, 마지막 출판사로부터 답장이 왔다.

그로부터 2주 뒤 나는 이 글을 쓰고 있다. 내 원고를 알아봐준 제철소의 존재로 인해 대한민국 출판계의 장래는 밝을 것이라며 이번에는 기쁨과 감사의 맥주를 마셨다. 참고로 첫 번째 출판사의 거절 메일에 대한 판단은 내가 옳았던 것으로 드러났다. 잠시나마 내가 뜨개 기계인 줄 알았을 파란색 모헤어 스웨터는 어떻게 됐을까. 이렇게 말할밖에. 뜨개를 할 때는 뜨개만 하자.

뜨개는 실로 하는 번역이다

일본의 소설가 히라노 게이치로의 에세이 중에 이런 글이 있다. 그는 학창 시절 토마스 만을 동경해 그처럼 훌륭한 사회적 인간이 되겠다는 포부를 안고 법학부에 들어갔다. 하지만 자신은 글을 써야 하는 인간임을 뒤늦게 깨달았다. 전공 불일치가 불안한 나머지 작가 중에 법학을 전공한 사람이 있는지 찾아보니 제법 많았다. 괴테와 미시마 유키오, 발자크와 보들레르까지 명망 있는 작가를 발견할수록 자신에게도 희망이 있는 것처럼 느껴져 안심했다. 『문명의 우울』이라는 에세이집에 실린 이 글의 제목은 「나의 현재 위치」*다. 그는 1999년에 대학생 신분으로 아쿠타가와상을 수상해 일본의 명망 있는 작가 반열에 올랐다. 그의 나이 24세 때의 일이다.

번역가 지망생 시절, 책날개를 펼쳐 번역가의 약력을 살펴보는 건 내게 퍽 중요한 일이었다. 지금은 번역가의 개성이 드러나는 약력을 선호하는 추세이지만, 10년 전까지만 해도 약력이라고 하면 어느 학교 무슨 과를 졸업하고, 유학파라면 외국 대학의 이름까지 적은 뒤 번역한 책의 제목을 길게 나열하는 것이 관례였다. 내가 좋아한 책을 번역한 사람은

* 염은주 옮김, 문학동네, 2005, 20~24쪽.

대부분 SKY 출신이거나 외국 학위가 있거나 둘 다였다. 그도 아니면 대학교수이거나 최소 박사는 됐다. 히라노 게이치로가 법학을 전공한 유명한 작가들을 보며 희망을 느낀 만큼, 나는 고급한 학력을 가진 번역가들의 약력을 보며 절망했다. 만화 『진격의 거인』에 나오는 장벽만큼이나 아득하게 높아 보이는 그 진입 장벽을 결코 넘지 못할 것 같았다.

그럼에도 나는 외국어를 읽는 게 좋았고, 그걸 한국어로 바꾸는 일에 애정을 느꼈다. 2011년, 영업사원이 된 심정으로 거의 모든 번역자 모집 공고에 지원했고 운 좋게 첫 책을 계약했다. 하지만 출간된 책에 찍힌 번역자의 이름은 내가 아니라 어느 환경단체였다. 다른 출판사에 지원해 두 번째 책을 계약했다. 그 책의 간기 면에는 내 이름이 찍혔지만, 온라인 서점에서는 내 이름으로 도서 검색이 안 됐다. 전임 편집자가 판권만 사놓은 채 미처 진행하지 못하고 퇴사한 영어 학습서였는데 저자가 일본인이었다. 일본인이 쓴 영어 학습서가 팔릴 리 없다고 생각한 신임 편집자는 일본인 저자의 이름을 굳이 알파벳으로 표기하고는 온라인 서점의 서지 정보에 번역자를 넣지 않았다. 그렇게 나는 두 권을 번역하고도 아무것도 번역하지 않은 사람이 되어 있었다.

그게 끝이 아니었다. 현역 번역가가 하는 번역 강좌를 1년 넘게 들으며 수업 과제랍시고 '경험 삼아' 일본 소설을 번역했는데 그게 모두 강사의 이름으로 출간되는가 하면, 네 권이 시리즈인 학습만화를 번역했는데 한 권 분량의 번역료만 입금하고는 잠수를 타버린 출판사도 있었다. 이런 식으로는 안 되겠다 싶었다. 때마침 높은 진입 장벽 한쪽 구석에 번역 에이전시라는 바늘구멍만 한 진입로가 있다는 사실을 알았다.

에이전시에 소속됐다고 일감이 기다릴 리 만무했다. 책은 가물에 콩 나듯 들어왔지만, 그것만 바라보는 번역가는 수두룩했다. 일단 샘플 번역에 참여하고 싶다는 댓글을 선착순 안에 달려면 손이 빨라야 했고, 운 좋게 선착순 안에 든 뒤에는 샘플 번역으로 편집자의 선택을 받아야 했다. 샘플 번역 안에는 번역문만 넣는 것이 아니었다. 내가 파악한 책에 대한 정보와 저자의 특징, 번역 방향, 번역에 임하는 자세 등을 구체적으로 적었다. 한마디로 '저에게 맡겨주십시오!'라고 외치는 글이었다. 이렇게 이중, 삼중의 관문을 통과해 어렵게 맡은 책에 애정을 갖지 않기는 어려웠다. 전에 알고 지내던 편집자가 이런 말을 한 적이 있다.

"에이전시 거치지 말고 직접 하세요. 얼굴 보고 소통해야 더 성의도 생기잖아요."

그가 선의로 한 조언이라는 걸 안다. 하지만 에이전시에 맡겨진 책이 번역가에게 오기까지의 과정을 안다면 쉽게 '성의'를 말하지는 못했을 것이다.

에이전시에 소속된 번역가의 대부분이 그렇듯 나도 자기 계발서와 실용서부터 시작했다. 그러다 경제 경영서와 인문 교양, 에세이, 소설로 영역을 넓혀갔다. 에이전시를 통해 일감을 받는 틈틈이 내가 번역하고 싶은 책을 기획하기도 했다. 그러다 직접 연락해오는 편집자를 만났고, 에이전시를 통해 연락해오는 편집자도 생겼다. 이것이 '나의 현재 위치'다.

나는 번역가가 되는 수많은 경로 중에서도 돌고 도는 우회로를 통과해 여기까지 왔다고 생각한다. 그냥 주어진 것은 없었다. 그래서 내게 번역가라는 직업은 밖에서 보는 것처럼 점잖고 우아한 일이 아니다. 치열하게 경쟁해서 따내야 하는 일이다. 정도의 차이는 있겠지만 많은 번역가가 나와 같은 길을 통과해 지금의 자리에 이르렀다는 사실을 안다. 쉽지만은 않은 길이었음에도 여전히 번역가인 이유는 번역을 할수록 더 좋은 책을 만나고, 더 좋은 출판사를 만나고, 더 좋은 편집자와 인연을 맺을 수 있었기 때문이다. 나는 10년 전보다 지금이 행복하다. 그리고 번역을 계속하기만 한다면 지금보다 10년 뒤가 더 행복할 거라 믿는다.

호기심 많은 내가 10년 가까이 한 가지 일을 해오고 있다는 건 놀라운 일이다. 번역의 어떤 점에 이렇게 끌리는가를 생각했을 때 가장 먼저 떠오르는 건, 번역은 첫 단계부터 마지막 단계까지 온전히 내가 하는 일이라는 점이다. 회사생활을 하면서 힘들었던 건, 일의 시작과 끝을 내가 정할 수 없다는 것이었다. 다른 팀에서 일이 넘어와야 일을 시작할 수 있고, 다른 팀이 넘겨받아야 비로소 일이 끝났다. 그보다 더 힘들었던 건 대체 내가 하는 일이 뭔지 알 수 없다는 사실이었다. 봐야 하는 부분만 보고 넘기면 그게 나중에 무엇이 될지는 알 바 아니었다. 책임질 일이 없으니 가볍기는 했지만 부품으로 전락한 느낌을 지울 수 없었다. 영화 〈모던 타임스〉의 찰리 채플린이 자꾸 생각났다. 그에 비해 번역은 실체가 뚜렷한 일이다. 출판사가 어떤 기획 의도를 갖고 이 책을 출간하려 하는가, 그것을 어떤 방향으로 옮겨야 하는가를 알고 시작한다. 내 속도대로라면 언제쯤 완역할 수 있겠다는 계산도 나온다. 잘했든 못했든 결과물에 대한 책임을 내 이름 석 자가 온전히 진다. 나는 다소 어깨가 무겁더라도 이름을 걸고 하는 일이 좋았다.

번역을 좋아하는 두 번째 이유이자 좀 더 근본적인 이유는, 번역이란 하루하루를 쌓아 완성하는 일이기 때문이다. 순발력은 없고 지구력만 있는 나는 학창 시절에 체육 시간을 아주 싫어했는데, 그나마 할 만했던 게 1,000미터 오래달리기였다. 그렇다고 남들보다 뛰어났던 건 아니고, 문 닫기 전에 골인 지점을 통과할 수 있는 유일한 종목이 오래달리기였을 뿐이다. 언젠가 "제가 오래달리기는 잘했어요"라고 말하는 나를 발견하고 깜짝 놀란 적이 있다. 사람의 기억력이란. 하지만 말이 씨가 된다는 말을 이럴 때 써도 될까. 그 뒤로 정말로 내가 오래달리기를 잘한다고 믿게 됐고 덕분에 스무 살 이래 지금까지 달리기를 이어오고 있다. 18년을 달렸더니 지금은 하루에 6~7킬로미터는 뛰게 됐는데, 내 생각에 오래달리기는 빨리 달리는 종목이 아니라 내 속도를 찾아가는 종목이다. 초반부터 속도를 내면 신물이 올라와 포기하게 되고, 그렇다고 천천히 뛰면 운동 효과를 보지 못한다. 남은 거리에 맞게 속도와 호흡을 배분해 한 발 한 발 쌓아 끝을 보는 종목이 오래달리기다. 그 끝에 느껴지는 감정이 짜릿한 쾌감이 아니라 뭉근한 성취감인 이유가 여기에 있다.

번역을 체력장 종목에 비유한다면 오래달리기와 꼭 닮았다고 생각한다. 하루에 정한 만큼만 할 수 있는 일. 지름길도 없고 요약본도 무용지물이어서 도무지 알 수 없는 문장을 만나면 집요하게 매달려 기어코 읽어내야 다음으로 넘어갈 수 있는 일. 천천히 꼭꼭 씹어 읽다 보면 어느새 원서의 마지막 장을 보게 되는 일. 그래서 완성한 원고의 처음부터 끝까지가 치열한 전장이자 승전지가 되는 일. 내가 생각하는 번역은 이런 것이고 그래서 번역을 좋아한다.

생각해보면 나는 여행을 할 때도 자동차 여행보다 도보 여행이 좋았다. 제주도를 동서로 가르며 하루에 서너 군데씩 돌아보는 자동차 여행보다는, 지도에서 새끼손가락 한 마디도 안 되는 짧은 거리를 온 하루를 들여 걷는 올레길이 좋았다. 현무암 돌담이 차곡차곡 쌓인 구조, 그 동네에만 있는 독특한 간판, 동백나무 위로 느리게 흘러가는 구름. 장엄한 절경은 아니어도 걸을 때만 보이고 걸어야만 음미할 수 있는 풍경을 보는 게 좋았다. 내 보폭에 맞춰 걸어간 마을에는 금세 정이 들었다. 달라진 계절에 다른 동행과 그 마을을 다시 걷는 느낌도 별미였다. 지방에 고향이 있다는 게 이런 느낌일까 싶었다.

오래달리기와 번역과 도보 여행은 모두 한 번에 한 걸음씩 내디뎌 목적지에 도착하는 일이다. 한 번에 한 걸음씩은 일상의 원리다. 우리는 한 끼에 먹을 수 있는 만큼만 밥을 먹고, 한 번에 들이쉴 수 있는 만큼만 숨을 들이쉰다. 밥 먹는 일이 귀찮다고 일주일 치 밥을 한꺼번에 먹거나 숨 쉬는 일이 귀찮다고 한 달 치 산소를 한꺼번에 마실 수는 없다. 부유하든 가난하든 행복하든 불행하든 누구나 정해진 만큼의 밥을 먹고 숨을 쉬며 하루를 보낸다. 그런 하루가 모여 한 달이 되고 1년이 되고 인생이 된다.

한 번에 한 걸음씩을 좋아하는 내가 뜨개를 하게 된 건 어쩌면 당연한 일인지도 모른다. 뜨개는, 아니 뜨개야말로 한 번에 한 코씩만 뜰 수 있는 일이기 때문이다. 그런 점에서 뜨개는 실로 하는 번역이다. 차례가 된 문장을 읽어야 다음 문장으로 넘어갈 수 있는 번역처럼 뜨개도 차례가 된 코를 떠야 다음 코를 뜰 수 있다. 뜨개에서는 많은 코를 한꺼번에 뜨거나 다음 단을 먼저 뜨는 일이 가능하지 않다. 1단 위에 2단을, 2단 위에 3단을 차곡차곡 쌓아 올리는 일이 뜨개다. 뜰 줄 아는 만큼만, 시간을 낼 수 있는 만큼만, 관절이 허락하는 만큼만 뜬다. 오늘 하루 뜰 만큼을 뜨면, 그런 하루가 모여 단이 되고 면이 되고 머지않아 내가 뜬 것을 한 발 떨어져 감상할 수 있을 만큼의 편물이 된다. 끝내 옷이 된다.

뜨개인은 예외 없이 정직한 이 결말을 사랑하는 사람이다. 한 코가 옷이 되기까지의 과정을 보챔 없이 즐길 줄 아는 사람이다. 그 과정에 온전히 책임지는 사람이다. 뜨개인은 매 순간 내가 무엇을 왜 뜨는지 알고 그 결과물도 머릿속에 그릴 줄 안다. 어떤 실로 어떻게 뜰지를 스스로 정하고 잘못 떴을 때도 책임을 남에게 전가하는 일은 없다. 잘못된 코를 수정하기 위해 유를 무로 돌릴지언정 외면하거나 회피하지 않는다.

도안이라는 원문을 실이라는 수단으로 옮겨내는 일. 한 코 한 코 짚어가며 뜨다 보면 어느새 코 막음을 하게 되는 일. 그래서 완성한 옷의 첫 코부터 마지막 코까지 통째로 이야기가 되는 일. 내가 생각하는 뜨개는 이런 것이고 그래서 뜨개를 좋아한다.

이탈리아의 번역가 안나 루스코니는 이렇게 말했다. "말은 세상을 여행하고 번역가는 그걸 운전하는 사람이다." 이 문장을 이렇게도 바꿀 수 있지 않을까. "실은 세상을 여행하고 뜨개인은 그걸 운전하는 사람이다."

뜨개라는 우주

우리 집에서 헬스클럽 가는 길 중간에 아이돌 연습실이 있다. 헬스클럽까지 가는 길이 그 길 하나는 아니지만, 나는 그 앞으로 지나가기를 좋아한다. 그 길로 가야 찻길 소음이 덜하기도 하고, 무엇보다 매일 연습실 앞을 서성이는 그들이 오늘도 출근 도장을 찍었는지 궁금하기 때문이다.

늘 같은 얼굴들이 연습실 앞을 서성인다는 사실을 안 지는 1년쯤 됐고 그 얼굴들은 내가 알아차리기 훨씬 전부터 서성였으니, 그들이 연습실 앞으로 출근한 기간은 짧게 잡아도 1년 반이 넘었을 것이다. 그들은 연습실 옆 편의점에서 라면을 먹기도 하고, 라면을 먹으며 오빠들이 산다고 알려진 길 건너 아파트를 주시하기도 한다. 겨울에는 패딩 점퍼, 여름에는 핸디 선풍기로 착장 아이템을 바꿔가며 어느 날은 연습실 정문을 어느 날은 후문을 지키는데, 대개 손바닥만 한 크로스 백 외에 별다른 소지품 없이 간소한 차림으로 서 있다. 그게 오빠들이 나타나면 부리나케 뛰어갈 수 있는 최적의 준비 상태라는 걸 안 건 최근의 일이다.

몇 번이고 지나쳤던 그들을 눈여겨보게 된 건 그 눈빛을 보고서였다. 거리에서 마주치는 사람의 눈빛은 대개 무심하다. 그 지루한 눈빛을 마주하는 게 썩 설레는 일은 아니어서 나는 마주 오는 사람의 눈을 잘 보지 않는다.

그 날은 운동을 마치고 편의점에서 산 요구르트를 마시며 집에 가는 중이었다. 손에 먹을 걸 쥐면 주변을 둘러볼 여유가 생기는 걸까. 고개를 있는 대로 젖히고 꿀꺽꿀꺽 요구르트를 마시다 연습실 앞에 선 그들의 눈빛을 처음으로 봤다. 보자마자 알 수 있었다. 저들은 행복하다는 걸. 초롱초롱하고 생기 있는 눈빛은 저마다 웃고 있었다. 하하하 웃는 게 아니라 설렘 섞인 웃음이 잔잔하게 밴 눈빛이었다. 왜 아니겠는가. 사랑하는 사람을 기다리는 중인데. 저들에게는 궂은 날씨도 궂지 않을 텐데.

의아한 부분이 없지는 않았다. 저들은 학교를 안 다니나, 어떻게 매일 올 수가 있지, 만약 졸업했다면 일은 안 하나, 생활은 어떻게 할까 등등. 그 시간에 공부를 더 하지 쯧쯧, 까지는 가지 않았으니 나는 꼰대는 아닐 거라고 스스로 안심한 것도 사실이다. 하지만 반짝반짝한 눈빛을 본 뒤로는 오히려 그들에게 안심했다. 저들은 무언가를 좋아한다는 게 어떤 일인지 안다. 좋아하기로 결정하고 행동에 옮긴다. 무언가를 좋아하고 그걸 표현하는 일. 하루를 보내기에 이보다 더 가치 있는 일이 있을까.

작가 제현주는 『일하는 마음』에서 좋아하는 마음을 이렇게 표현했다.

> 애호하는 사람에게만 열리는 겹겹의 우주가 있다는 걸 안다. 믿는 것이 아니라 안다. 그리고 나의 그 우주 안에서 깊은 안정감을 느낀다.*

무언가를 좋아하는 사람은 그만의 우주를 가진 사람이다. 우주를 부유할 때만 알 수 있는 가치와 시간이 있다. 지구에서 보기에는 어느 방향으로 얼마나 더 가야 하는지 가늠할 수 없을 만큼 아득한 거리를 하염없이 떠도는 것처럼 보이지만, 우주를 몸소 가로지르는 이들은 정교하게 계산한 시간표에 맞춰 도착 지점에 근접하겠다는 목표 하나로 온 하루를 쓴다. 그런 하루가 모여 달이 되고 해가 된다.

그저 연습실 입구를 서성이는 게 아니다. 활동기의 서성임과 휴식기의 서성임이 다르다. 연습실 입구만 서성이는 것도 아니다. 오빠들이 갈 만한 연습실 인근 식당과 카페까지 두루 살핀다. 모든 애호가가 다르지 않을 것이다. 외부인의 눈에는 한없이

* 「단단한 몸에서 단단한 마음으로」, 어크로스, 2018, 107쪽.

사소해 보이는 지점에도 그들은 시간과 정성을 쏟고 거기서 행복감을 느낀다. 뜨개인은 핑크 모헤어와 연보라 앙고라와 펄 피치 오가닉울 사이에서 고뇌한다. 3.5밀리미터와 4밀리미터 스와치 중 더 정갈한 것을 기어이 가려내고, 쫀쫀하지 않은 고무단에는 '푸르시오'라는 철퇴를 마다하지 않는다. 이런 뜨개인이 모인 우주에서는 개도 여우도 백조도 뜨개를 하고, 아틀리에에서도 살롱에서도 가든에서도 뜨개를 한다. 6월도 9월도 11월의 상쾌한 바람도 모두 뜨개로 수렴된다.

나는 매일 아침 인스타그램을 열어 간밤에 뜨개 우주에서 벌어진 일들을 살피는 일로 하루를 시작한다. 이 사람은 카디건을 드디어 완성했네, 이 실 예쁜데 하며 연신 '좋아요'를 누르는 게 눈 뜨자마자 내가 하는 첫 번째 일과다. 인스타그램을 다 본 뒤에는 네이버 카페로 간다. 누가 무슨 실로 뭘 떴는지, 행여 뜨던 걸 풀었거나 완성작을 지인에게 무보수로 강탈당하지는 않았는지 뜨개 우주를 떠도는 이들의 안부를 확인한다. 이게 얼마나 놀라운 일인지 남편은 안다. 나는 카카오톡을 제외하고 SNS를 제대로 해본 적이 없다. 내 일상을 드러내야 할 이유를 찾지 못하기도 했거니와 다른 이의 일상이 궁금한 적도 없었기 때문이었다. 그랬던 내가 뜨개를 시작하고서는 다른 이들은 무슨 실로 뭘 떴는지가 그렇게 궁금했다. 하루에도 몇 번씩 인스타그램을 들여다보고 뜨개 브이로그를 보기 위해 유튜브에 접속했다. 이상한 일이었다.

내 첫 온라인 뜨개 카페는 '라희네 뜨개방'이었다. 생애 첫 뜨개 선생님이었던 김라희의 유튜브를 통해 알게 된 이 카페에서 나는 기호 도안 읽는 법과 코 줍는 법을 배웠다. 이곳에서 매일 누군가는 코를 잡았고, 누군가는 숄을 완성했고, 누군가는 실을 팔았다. 내 생각에 이 카페의 가장 큰 특징은 거래방이다. 상업적인 거래를 허용하지 않는 다른 뜨개 카페와 달리 라희네 뜨개방에서는 회원끼리 실과 바늘을 사고 팔 수 있었다. 배송료를 아끼느라 충동구매한 실을 내놓는 사람이 있는가 하면, 이사를 앞두고 아끼던 실들을 눈물을 머금고 내놓는 사람도 있었다. 이따금 판매 목적으로 거래방에만 글을 올리는 회원을 질타하는 글이 올라올 때도 있지만, 거래방에 올라오는 품목들을 보며 요즘 유행하는 실과 바늘이 뭔지 관망하는 재미가 쏠쏠했다.

라희네 뜨개방을 이용하다가 이따금 회원들이 다른 카페에서 봤다며 이런저런 정보를 퍼온 글을 보았다. 뜨개 카페가 여기 말고 또 있다는 말인가. 검색으로 찾아낸 그곳의 이름은 '니팅 카페'였다. 네이버에 존재하는 뜨개 카페 중 가장 긴 역사와 가장 많은 회원 수를 자랑하는 니팅 카페의 주요 콘텐츠는 솜씨 자랑이다. 어디서도 본 적 없는, 돈을 준대도 사기 어려울 것 같은 근사한 뜨개 옷들이 연이어 올라왔다.

처음 니팅 카페에 접속했을 때의 느낌을 지금도 잊지 못한다. 대학교 시절, 도서관에 틀어박혀 수많은 책에 둘러싸여 있다 보면 자기 생각을 이렇게 멋지게 표현하는 사람이 많구나 감탄하는 한편, 그렇지 못한 나를 자책하기도 했고, 동시에 책이 있어 다행이라고 안도하는 복합적인 감정에 사로잡히곤 했다. 니팅 카페에 올라오는, 주로 긴 호흡이 필요한 작품의 사진을 보며 아직 나는 뜨지 못하는 근사한 작품들에 조금은 위축되면서도 뜨개로 어디까지 가능한지를 알게 해준 그들에게 고마웠다.

그런 니팅 카페에서는 매달 작은 시상식이 열린다. 백상예술대상이 별들의 축제이자 한 해 동안 고생한 문화예술인의 노고를 위로하고 성과를 결산하는 장이라면, 니팅 카페의 '이달의 우수 작품'은 한 달간 작품 활동에 매진한 뜨개인의 열정을 응원하고 그 결과를 공유하며 기쁨을 나누는 뜨개인의 축제다. 한 달에 한 번씩 투표를 해 가장 많은 추천을 받은 작가를 선정하는 이벤트인데, 여기에 올라온 작품을 보다 보면 입이 떡 벌어질 때가 한두 번이 아니다. 어마어마한 뜨개 고수가 정말이지 많다.

더 놀라운 사실은 투표할 때마다 거의 매번 후보에 오르는 뜨개인이 있다는 점이다. 그는 직업 뜨개인이 아니다. 그런데도 매번 근사한 스웨터와 카디건을 떠서 보는 이에게 눈 호강을 선사한다. 나는 기성품이 아닌지 의구심이 들 정도로 근사한 뜨개 작품을 볼 때마다 작품의 완성도만큼이나 그걸 뜬 사람이 궁금하다. 맨 처음 어떻게 뜨개를 시작했는지, 처음으로 뜬 작품은 뭐였는지, 가장 좋아하는 실이나 바늘은 무엇인지 묻고 싶다. 어떤 기법이 옳고, 누가 더 고수인지를 따지는 평론이 아니라 그가 뜬 작품에 담긴 이야기를 듣고 싶다. 이런 이야기가 내 뜨개를 풍성하게 해줄 것이라 믿는다. 하지만 개인적 친분이 있지 않은 한 불특정 다수가 활동하는 온라인 카페에서 그런 질문을 하기는 곤란하다. 이래서 뜨개 잡지가 필요하다며 입맛을 다실 뿐이다.

라희네 뜨개방을 통해 니팅 카페에 입장한 나는 그곳을 통해 또 다른 세계에 입장하게 된다. 니팅 카페에 올라오는 도안 할인 정보의 출처는 인스타그램인 경우가 많았다. 그렇게 나는 인스타그램에도 뛰어든다. 지금도 그렇지만 그때도 SNS계에서 인스타그램의 추락을 말하는 이들이 적지 않았으니 시작하기에 알맞은 때는 아니었던 것 같다. 그러나 그것의 미디어로서의 위상과는 상관없이 인스타그램은 내 뜨개 생활을 바꿔놓았고 이전으로 돌아갈 수 없게 됐다.

내 생각에 인스타그램의 가장 좋은 점은 볼거리를 끝없이 제공한다는 점이다. 시도 때도 없이 들어가도 늘 새로운 뜨개 사진이 기다리고 있었다. 해시태그가 안내해주는 전 세계 뜨개인과 뜨개 이벤트들은 다 볼 수 없을 만큼 많았다. 네이버 카페가 행성이라면, 인스타그램은 수많은 위성을 거느린 거대 행성이었다. 완성작 사진은 물론이고 도안 할인 정보, 실 리뷰, 새로 시작하는 수업 안내, 도안 테스터나 함뜨 모집까지 특색 있고 다양한 위성들이 내 계정을 끊임없이 맴돌고 있었다. 죽기 전에 한 번씩 만져볼 수나 있을까 싶게 많은 실이 세상에 존재한다는 걸 알았고, 그 실로 만든 작품 또한 다채로웠다. 직접 만든 작품으로 페미니즘 메시지를 발신하는 뜨개 소품 디자이너도, 흑인 여성의 인권 신장을 외치는 니트 디자이너도 모두 인스타그램에서 알았다. 인스타그램이 뜨개 우주에 존재하는 거대한 은하계라면 해시태그는 다른 차원으로 연결되는 문이었다. 그 문 너머에 차곡차곡 정보를 쌓아 소우주를 구축해온 인스타그램의 오랜 유저들이 새삼 대단하게 느껴졌다.

인스타그램의 특징은 이것만이 아니었다. 그보다 더 독자적인 특징이 있었으니, 흔히 인스타 감성이라 부르는 특유의 스타일이었다. 결이 살아 있는 나무 테이블 위에 아이패드와 열대 식물 잎사귀와 그 옆에 무심하게 놓인 편물, 커피 한 잔과 예쁜 디저트가 놓인 접시와 실 뭉치. 스칸디나비아 감성과 미니멀리즘의 문법을 따르는 소위 인스타스러운 사진들은 무심한 듯 우아하게, 소박하고 간결하게 멋을 드러냈다. 세상이야 시끄럽든 말든 나만의 속도로 정성스럽게 뜨개를 즐기는 중이라고 읊조리는 사진들을 보고 있노라면 나도 고즈넉하고 단정하고 예쁘게 뜨개를 하고 싶었다. 하지만 내 현실 뜨개 풍경은 감히 인스타그램에 올릴 만한 것이 못 됐다. 조명이 어두워서 안 됐고, 배경이 지저분해서 안 됐고, 책상 정리가 안 돼서 안 됐다. 내가 뜬 스웨터는 칙칙하고 쭈글쭈글한데 인스타그램에는 화사하고 정갈

한 사진이 올라왔다. 나도 그런 사진을 찍고 싶었다.

무심해 보이는 사진이 결코 무심하게 찍은 사진이 아님을 아는 데에는 오래 걸리지 않았다. 일단 예쁜 사진을 찍으려면 해가 잘 드는 정오 무렵의 자연광을 노려야 했는데, 주로 늦은 오후에 뜨개를 하는 내게는 이것부터가 쉽지 않았다. 아침 식사를 마친 뒤 할 일을 뒤로 미루고 이불 위에 실과 편물을 펼쳤다. 해가 드는 방향, 프레임 안의 여백이 이루는 균형, 이불과 실의 색감을 고려해 편물을 정교하게 배치했다. 정사각형에 가까운 인스타그램의 사진 규격에 맞추려면 세로 비율보다는 가로 비율에 신경을 써야 했다. 편물이 주인공이되 화면을 가득 채우지 않아야 했고 이불 바깥 풍경이 프레임 안에 들어와서도 안 됐다. 가까스로 찰칵. 사진을 찍은 뒤에는 감성은 살리되 인위적인 느낌은 나지 않는 필터를 선택하고 수치를 적당히 조절했다. 이 정도면 인스타그램에 올릴 만한가? 시계를 보니 이미 점심시간이 다 되어 있었다. 연출된 사진을 찍는 게 부끄러워 웨딩 촬영도 생략했던 내가 인스타그램에 올릴 뜨개 사진을 찍느라 오전을 다 보내다니. 남편은 오래 살고 볼 일이라고 했다.

그렇게 나는 인스타그램의 궤도에 합류했다. 다

른 이의 뜨개 일상을 엿보며 좋아요를 누르는 것도 좋았고 내 사진에 좋아요가 느는 것도 좋았다. 하지만 한편으로 인스타그램에는 올릴 수 없지만 스마트폰을 가득 채운 무수한 뜨개 사진이 떠올랐다. 그럴 때마다 무언가를 놓치고 있다는 느낌을 지울 수 없었다. 어느새 나는 피드에 전시한 예쁜 사진을 내 뜨개의 주요 장면으로 기억하고 있었다. 인스타그램에 내보일 수 없는 것, 자연광이 비치지 않는 맥시멀리즘한 방에서 떴다 풀기를 반복했던 내 한없이 사실적인 뜨개의 자리는 어디일까. 예쁘지는 않지만 진실했던 과정들을 이렇게 소홀히 대해도 괜찮은 걸까. 인스타그램이 질서가 갖춰진 아름다운 모습만 보여주는 파란 약의 세계라면, 혼란하고 무질서하지만 진실이 존재하는 빨간 약의 세계도 필요했다.

'이렇게 뜨려던 건 아니었는데' 시리즈는 내 뜨개가 예쁜 순간들로만 이루어져 있지 않다는 걸 스스로 확인하기 위해 올린, 말하자면 예쁘지 않은 뜨개도 내 뜨개의 일부임을 받아들이자는 의식이었다. 빨간 약의 세계로 들어오는 문으로 '망한뜨개'라는 해시태그를 달았다.

'이렇게 뜨려던 건 아니었는데' 1편의 주인공은 올해 초등학교에 들어간 조카를 위해 뜬 돌고래 스웨터였다. 표현하고 싶었던 건 푸른 바다를 유유히 헤엄치는 돌고래였건만, 돌고래와 바다의 경계를 이루는 부분에서 장력 조절에 실패해 쭈글쭈글한 스웨터가 되고 말았다. 배색할 때는 장력 조절이 중요하다는 걸 처음 알았다. 2편의 주인공은 걸러뜨기 무늬가 기둥처럼 올라가는 머플러였는데, 걸러뜨기를 해야 할 곳에서 겉뜨기를 해 기둥이 군데군데 깨졌다. 저녁 뉴스를 보며 뜨는 바람에 집중력이 흐트러진 결과였다. 애초에 완벽을 기대하고 시작한 건 아니었지만 그럼에도 잘못 떠진 편물을 드러내 보이는 데에는 용기가 필요했다. 이 사진들을 올리면서도 조금이나마 나아 보이게 하려고 필터를 잔뜩 썼는데, 그럼에도 전혀 나아 보이지 않았다. 이런 것이 진정한 현실 뜨개가 아닐까.

재미있는 사실은, 잘 뜬 편물을 본 사람의 반응은 예쁘다거나, 얼마나 걸렸냐고 묻는 정도였지만, 망한 뜨개를 본 사람의 반응은 그 정도에서 그치지 않았다는 점이다. 어쩌다 이렇게 됐느냐부터 시작해서 코바늘로 양옆의 실을 당겨보지 그랬냐, 배색 도안을 어떻게 만들었냐, 실은 뭘 썼냐, 그 실이 미끄러워서 나도 망한 게 하나 있다, 조카가 서운하겠다, 이것도 나쁘지 않은데 그냥 떠보지 그랬냐까지. 내

망한 뜨개를 중심으로 저마다의 뜨개 실패담이 경쾌하게 흘러나왔다.

소설가 김영하는 F. 스콧 피츠제럴드의 『위대한 개츠비』를 번역한 뒤 역자 후기에서 작품을 이렇게 요약했다. "표적을 벗어난 화살이 끝내 명중한 자리들."* 김영하의 말을 빌려 나는 망한 뜨개를 이렇게 표현하고 싶다. 예상을 벗어난 바늘이 끝내 빚어낸 이야기라고.

나는 앞으로도 망한 뜨개 해시태그를 사용할 것이다. 예상 밖의 경로로 움직이는 바늘에 기꺼이 두 손을 맡긴 채 나와 같이 망한 뜨개 해시태그를 사용하는 이들을 응원할 것이다. 매일 뜨개 우주에서 벌어지는 일을 공유하며 뜨개인의 축제를 화려하게 수놓는 뜨개 카페 회원과, 기꺼이 자신의 일상을 내보이며 잔잔한 공감을 안겨주는 인스타그램의 모든 유저들을 응원할 것이다. 언제까지고 그들에게 좋아요를 누르는 일로 하루를 시작할 것이다. 뜨개 하는 그들의 두 손에 경의를 표하며.

* 「표적을 벗어난 화살이 끝내 명중한 곳에 대하여」, 문학동네, 2009, 242쪽.

기꺼이 잡스럽게 거침없이 산만하게

"또 새로 시작해?"

새 실의 라벨을 풀어 코를 잡으려는 나를 보고 남편이 묻는다. 이어지는 질문.

"저번에 뜨던 목도리는 다 떴어?"

앞선 질문보다 한층 호기심 어린 목소리다.

'당연히 다 안 떴지. 그걸 꼭 물어봐야겠어?'

속으로는 이렇게 생각하지만 소리 내어 말한 대답은 이거다.

"목도리는 겨울 거고 이제 여름이니까 여름 거 먼저 하나 뜨려고."

알 수 없는 죄책감을 느끼며 코를 잡기 시작한다. 먼저 뜨던 걸 다 떠야 새걸 시작할 수 있다고 법에 정해져 있기라도 한가. 뜨고 싶으면 뜨는 거지. 그때 옆에서 중얼거리는 소리가 들린다. 돌아보니 남편이 뉴스를 보며 기도를 하고 있다. TV에서 안타까운 뉴스를 볼 때마다 주기도문을 외는 건 얼마 전 천주교 세례를 받은 남편에게 생긴 새로운 습관이었다. 그러고 보니 남편은 아무것도 묻지 않았다. 뜨던 걸 완성하지 않은 채 새로운 걸 시작해도 되느냐는 질문은 내 마음이 만들어내 남편의 목소리로 재생한 것이었다. 〈식스 센스〉급 반전.

뜨개인에게 그토록 많은 문어발이 필요한 이유

는 작가 구달에게 88켤레의 양말이 필요한 이유와 같다. 논리로는 설명할 수 없다. 하지만 뜨개인에게는 문어 다리 여덟 개도 많은 게 아니어서 손이 마흔 개 달린 천수관음이나 아무도 정확한 수를 모른다는 지네 다리를 소환하기도 한다. 고작 두 개뿐인 손으로 한 번에 한 코씩만 뜨는 행위가 뜨개이고 뜨개인은 그걸 사랑하는 사람이라면, 그 많은 문어발의 존재를 어떻게 봐야 할까. 스테파니 펄 맥피는 문어발에 대해 이렇게 썼다.

> 많은 뜨개인이 문어발을 늘리고 싶어 마음이 근질근질하면서 문어발을 추가하기 바로 직전까지도 그것을 늘리지 않으려 갖은 노력을 기울인다. 문어발은 종종 지금 뜨는 프로젝트를 완성하지 않았으므로 새로 시작하면 안 되는 것, 또는 지금 뜨는 프로젝트가 마음에 안 들어서 새로 시작하는 것으로 오해를 받기도 한다. (…) 뜨개인은 다른 사람이 문어발을 어떻게 볼지 안다. 그들의 눈에 한 가지에 충실하지 못한 사람, 신의를 다하지 못하는 사람, 혹은 무언가가 끝날 때까지 진득하게 기다리지 못하는 사람으로 비칠 거라는 사실을 안다. 그래서 다른 사람과 관계를 맺을 때도 인내심을 발휘하지 못하는 사

람으로 보일 수 있다는 사실을 안다. 우리가 문어발에 죄책감을 느끼는 이유는 여기에 있다.*

뜨개인은 무엇이든 뜰 수 있지만 그 모든 걸 한 번에 뜰 수는 없다. 뜨개인의 시간도 다른 인간과 마찬가지로 제한되어 있기 때문이다. 무엇이든 뜨는 것과 한 가지만 뜨는 것 사이에는 엄청난 공간이 존재한다. 바로 그 공간에 문어발이 있다. 그러니까 문제는 문어발이 아니라, 문어발에 죄책감을 느끼는 마음이다. 한 번에 하나씩 떠야 마땅하거늘 어디 감히 산만하게 바늘을 놀려! 어디선가 이런 호통이 뜨개인의 귀에만 들려오는 것 같다. 한 가지를 진득하게 뜨지 못하고 이것저것 뜨는 우리는 정말로 인내심이 없는 사람들일까.

한 번에 한 걸음씩만 나아갈 수 있는 일을 누군가 꽉 막힌 활동이라고 표현한다면, 세상에 뜨개보다 꽉 막힌 활동은 없다. 뜨개에는 지름길도 요령도 없다. 걷기를 좋아하는 사람은 걷다가 지루해지

* "the 1st thing. Beginning is easy, continuing is hard," *Things I Learned from Knitting*, Storey Publishing, 2008, 아마존 킨들 1.29버전.

면 자전거나 자동차를 탈 수 있다. 이 길이 싫증 나면 다른 길로 돌아갈 수 있다. 하지만 뜨개에는 속도를 낼 수 있는 다른 수단도, 돌아갈 수 있는 다른 길도 없다. 무한 겉뜨기가 아무리 지루한들 내 두 손으로 10만여 코를 모두 떠내지 않고서는 마칠 방법이 없다. 10만여 코는 내가 지금 뜨는 스웨터의 몸판 앞면을 이루는 콧수다. 뒷면과 양쪽 소매까지 더하면 스웨터 한 장을 완성하는 데에 약 30만여 코가 필요하다는 계산이 나온다.

같은 도구와 방법으로 같은 일을 수십만 번 한다는 게 어떤 일일지 상상해보자. 도중에 포기하지 않고 이어가야겠기에, 그 지루함을 어떻게든 극복해야겠기에 찾아낸 방법이 문어발인 것이다. 그러니까 문어발은 지루함을 견디지 못해 포기하는 행위가 아니라 포기하지 않기 위해 지루함을 줄이려는 노력이다. 마라토너는 42.195킬로미터를 완주하기 위해 페이스메이커를 두고 그와 앞서거니 뒤서거니 하며 페이스를 유지한다. 페이스메이커가 없다면 42.195킬로미터는 훨씬 고된 길이 될 것이다. 뜨개인은 문어발이라는 페이스메이커의 도움으로 더 많은 것을 뜰 수 있다.

생각해보면 한눈팔지 않고 한 가지에 충성해야

옳다는 생각은 뜨개에만 있지 않다. 생활의 거의 모든 영역에 걸쳐 우리는 한 가지 일을 오래 하는 사람을 칭송한다. 장인, 노포, 원조를 이야기할 때 이미 존경과 신뢰의 감정이 담겨 있다. 반대로 여러 가지 일을 하는 사람은 주변으로부터 잡스럽다거나 왜 그렇게 일을 벌이냐는 핀잔을 듣기 일쑤다. 한 가지나 제대로 하라는 말은 가장 무도하다. 나는 여기에 대해 정말이지 할 말이 많은 사람이다. 스무 살 이래 내 진로 찾기의 여정은 그야말로 잡(雜)의 향연이었다. 전공부터가 그랬다. 학부 전공은 경영학인데 복수 전공은 중문학이었고, 대학원에서는 미디어를 배웠다. 그러는 틈틈이 중국어와 일본어와 영어를 공부했고, 디자인 툴과 데생과 시나리오를 배우러 다녔다. 장래 희망 변천사는 차마 읊지 못할 만큼 길다. 그것도 문과와 이과와 예체능을 넘나드는 스펙터클한 변천사라 책 한 권으로는 부족할 지경이다. 이렇게 말하니 내 학창 시절이 마치 호기심 가득한 소녀가 적성을 찾아 떠나는 좌충우돌 시트콤처럼 느껴지지만, 실상은 그 반대였다. 나는 왜 한 가지 일에 정착하지 못하고 여기저기 들쑤시고 다닐까. 내 전문 분야는 뭐가 되는 걸까. 내게도 천직이 있을까. 나를 따라다닌 건 정체성에 대한 걱정과 자책이었다.

그럴 법도 했다. 그때나 지금이나 세상은 전문가를 원하기 때문이다. 학창 시절부터 사회인이 되기까지 거쳐야 하는 일련의 과정은 통째로 전문가 양성 과정이다. 대학교에 들어가 전공을 정하고, 전공을 살려 직장을 얻고, 거기서 오래 몸담아야 버젓한 사회인으로 인정받아 비로소 전문가 소리를 듣는다. 전문가의 첫 글자 한자는 '오로지 전(專)' 자다. 문자 그대로 오로지 한 분야로 자기 삶의 궤적을 꿸 수 있는 사람만 얻을 수 있는 타이틀이다. 오로지의 구속력은 국어사전에서 더 잘 드러난다.

"어떤 분야에 상당한 지식과 경험을 가지고 오직 그 분야만 연구하거나 맡음."

그러니까 그 분야에 상당한 지식과 경험이 있다 해도 오직 그 분야만 연구한 사람이 아니면 전문가가 아니다. 나는 예나 지금이나 "오직 그 분야만"이라는 표현이 그렇게 무서울 수가 없다. 평생 한 우물만 파는 삶을 상상할 수 없기 때문이다. 그렇다면 남은 선택지는 '잡'이라는 수사를 견디는 것이다. '오로지 전'의 반대말로 우리가 자주 쓰는 한자는 '섞일 잡'이다. 단어 뜻풀이를 보면 순수하지 않거나 자질구레한 걸 뜻할 때 또는 제멋대로 막된 보잘것없는 것을 뜻할 때 쓴다고 되어 있다. 이것저것 잡스럽게 하는 사람은 제대로 하는 게 없는 사람으로 평가받는다.

사회생활을 하면서 깨달은 것 중 하나는 대부분의 사람이 남 일에 별 관심이 없다는 것이었는데 그 와중에 가물에 콩 나듯 오지랖이 넓은 사람을 만날 때가 있었다. 나는 그저 해온 것들을 말했을 뿐인데 그는 "그래서 대체 하고 싶은 일이 뭐예요?"라며 평생 좁히지 못한 내 관심사를 그 자리에서 수렴하기를 독촉했다. 그때만 해도 나는 세상을 잘 몰랐고 자연스레 내 성향을 탓했다. 나는 왜 다른 사람처럼 한 가지만 좋아하지를 못해서…. 하지만 이제는 안다. 문제는 한 가지를 고르도록 강요한 그의 태도였다는 사실을. "지금은 오랫동안 하고 싶었던 번역을 하고 있고, 그것 말고도 좋아하는 여러 일을 하려고 준비 중이에요"라고 당당하게 응해야 했다는 사실을.

이 코페르니쿠스적 전환을 맞이한 건 합정 교보문고에서였다. 『모든 것이 되는 법』이라는 책의 부제는 '꿈이 너무 많은 당신을 위한 새로운 삶의 방식'이었다. 정말이지 근사한 제목이 아닌가. 혹시 모든 것이 되어보고 싶다고 생각한 적이 있는지?(라고 쓰고 '이런 생각을 한 건 나뿐인지?'라고 되묻는다.)

하고 싶은 일이 많아 고민인 바로 나를 위한 책이라는 확신이 들었다. 나는 번역을 하면서도 편집과 디자인을 해보고 싶었고, 편집디자인 회사에 다니면서는 영업을 해보고 싶었다. 1인 출판사를 만들어 기어이 그 모든 일을 다 해보고 지쳐 나가떨어졌을 때 마주한 책이 『모든 것이 되는 법』이었다.

이 책의 저자 에밀리 와프닉은 한 가지 일을 계속하기보다는 다양한 일에 흥미를 갖고 새로운 걸 배우고 도전하기를 즐기는 사람을 다능인(多能人, multipotentialite)이라고 정의했다. 내가 평균적인 인간에서 벗어난 돌연변이가 아니라 다능인에 소속된 사람이라는 걸 깨달았을 때의 안도감이란. 내 정체성을 고스란히 담아주는 다능인이라는 고유명사가 그렇게 아늑할 수가 없었다. 나를 표현하는 명사가 있는 것과 없는 것은 하늘과 땅 차이다.

문어발이라는 명사는 여러 가지를 동시에 뜨는 행위를 아늑하게 담아내는가. 나는 문어발이라는 말을 듣거나 쓸 때마다 내 손은 두 개뿐이라는 한계를 거듭 확인하는 느낌이다. 두 개뿐인 손으로 설마 문어 다리처럼 여덟 가지를 뜰 건 아니지? 하며 무의식적으로 문어발을 늘리는 걸 자제하자고 생각한다. 그러던 어느 날, 우연히 발견한 실 가게에서 실을 주문했다. 상호는 에잇레그즈. 택배 상자 안에는 실과 함께 이런 쪽지가 들어 있었다.

"앞으로도 좋은 제품과 서비스로 뜨장인님의 문어발을 지지하겠습니다. 에잇레그즈는 뜨장인님과 늘 함께하는 문어발 여덟 개를 뜻하는 영어 이름입니다."

에잇레그즈라니. 문어발에서 느껴지는 내 신체의 한계가 에잇레그즈에서는 전혀 느껴지지 않았다. 내가 인스타그램 아이디로 '뜨개 강아지'가 아니라 '니팅독'을 쓰는 이유와 같은 맥락인가. 뜨개 강아지라고 하면 아기자기하고 귀여워야 할 것만 같지만, 니팅독에는 그런 느낌이 없다. 문어발이라고 하면 여덟 개의 다리를 주체하지 못하고 흐느적거리는 문어가 떠오르지만, 에잇레그즈라고 하면 제각각으로 쭉 뻗은 다리가 떠오른다. 감정이 끼어들지 않는다. 사용례는 이쯤 되지 않을까.

"에잇레그즈 다섯 번째 다리. 아이보리색 청키 실로 폭신폭신 통통한 다리가 될 예정."

"일곱 번째 다리는 레이스 실로 섬세하고 우아한 다리 완성."

외국어는 머리로 들어오고 모국어는 가슴으로 들어온다지만, 살다 보면 가슴이 아니라 머리로 들어가도록 유도해야 하는 때도 있다.

『모든 것이 되는 법』의 저자 에밀리 와프닉 역시 다능인이다. 그는 영화와 법률, 음악과 디자인에 이르기까지 경계가 뚜렷해 보이는 일들을 직업적으로 넘나드는 사람이다. 그 또한 정체성으로 고민하던 시간을 겪었다. '내가 여러 분야를 넘나들어야 행복한 사람이라면 제구실을 하며 살 수 있을까?' 그러다 다능인이라는 범주를 발견했고, 오랜 시간에 걸친 상담과 인터뷰를 통해 다능인의 공통점을 찾아냈으며, 다능인의 열정을 지속할 방법을 공유하고 싶어 책을 썼다고 했다. 그 책에 이런 문장이 있다.

> 드러내고 자랑스러워하는 다능인이란 세상과 소통하고, 우리의 일에 대해 말하는 법을 배우고, 두려움과 반감에 직면해도 우리 내면의 소리를 듣는 것을 의미한다. 모든 것을 드러내는 것이 항상 편안하고 쉬운 일은 아니다. 하지만 다 같이 그렇게 하는 것이야말로 우리가 움직임을 만들어내는 방식이다.*

* 「두려움, 불안, 그리고 우리를 이해하지 못하는 사람들」, 김보미 옮김, 웅진지식하우스, 2017, 224~225쪽.

전문가만을 찬양하는 세상에서 '저는 다능인이에요'라고 말하는 건 용기가 필요한 일이다. 그렇게 했을 때 돌아올 반응('아, 그러세요?')도 눈에 훤하다. 나는 누가 묻지 않는 이상 먼저 다능인이라고 말하지 않지만, 다능인으로서의 성향을 드러내야 하는 상황이 오면 굳이 숨기지도 않는다.

이를테면 번역하는 일본어 책에 중국어나 영어가 지나가나도 등장하면 관련 내용을 원어로 찾아보고 각주를 달거나 병기한다. 연말에는 인디자인으로 직접 카드를 만든다. 일본어 도안의 이해할 수 없는 부분은 영어 도안을 보며 혹은 그 반대로 해결한다. 뜨개에 자주 필요한 계산은 엑셀 함수로 작성해 두고두고 쓴다. 뜨고 싶은 그림을 일러스트레이터로 그려 나만의 뜨개 도안을 만든다. 같은 뜨개 도구를 미국과 일본과 중국 아마존에서 각각 검색해 가장 저렴한 곳에서 직구한다. 길을 물어오는 중국인에게는 중국어로, 일본인에게는 일본어로, 미국인에게는 영어로 길을 알려준다. 평생 한 가지 외국어만 공부한 사람보다 내 외국어 실력이, 평생 인디자인만 다룬 디자이너보다 내 인디자인 실력이, 평생 엑셀만 쓴 직장인보다 내 엑셀 실력이 부족할 것은 당연하다. 하지만 한 가지만 아는 사람이 보지 못하는 무언가를 나는 볼 수 있을지도 모른다. 그게 쓸모없다고 누가 단언할 수 있을까. 애초에 뜨개를 소재로 이런 글을 쓸 수 있는 것도 내가 다능인이기 때문이 아닐까.

나는 이런저런 일들을 하느라 하루가 짧다. 아마 앞으로도 좋아하는 일의 범위를 좁히지는 못할 것이다. 더 넓어진다 해도 자제할 마음은 없다. 기꺼이 잡스럽게 거침없이 산만하게 좋아하는 일을 늘려갈 생각이다. 그러면 안 될 이유가 없으니까. 그래서 대체 하고 싶은 일이 뭐냐고? 재미있는 건 뭐든 다.

엉킨 실타래를 푼다는 것

"잘난 척하면 네가 다 해야 돼."

"어머니, 제가 잘난 척을 한 게 아니고요."

"아니 글쎄, 네가 잘난 척을 했다는 게 아니라 옛날에 우리 집에서는 그렇게 말했어. 며느리가 잘난 척하면 혼자서 일 다 해야 된다고. 저는 못 해요 하면 안 시키는데, 잘난 척하면 네가 다 해야 돼."

추석 차례에 올릴 나박물김치가 화근이었다. 명절 차례상에 올리는 새 김치는 늘 시어머니가 직접 담갔다. 하지만 올해 추석을 앞두고 그의 목소리는 유난히 힘없이 들렸다. 나는 용기를 냈다.

"어머니, 추석 물김치는 제가 한번 해볼게요."

날짜에 맞춰 물김치를 담가 김치냉장고에, 국거리로 쓰게 남기라고 주문한 쪽파와 무도 각각 냉동고와 냉장고에 넣어놓고 왔다. 물김치 맛이 괜찮은지, 차례상에 올릴 만한지 판단해주십사 하는 손편지와 함께. 그리고 답을 들으러 올라갔을 때 돌아온 대답은 "잘난 척하면 네가 다 해야 돼"였다.

엉킨 실타래를 푼다는 말을 우리는 비유적으로 쓴다. 꼬인 인간관계, 해결 기미가 보이지 않는 갈등 양상을 엉킨 실타래에 빗대어 말한다. 그러나 실제로 엉킨 실타래를 눈앞에 마주해본 사람이라면 이것이 단순한 수사가 아님을 안다.

토요일 오후 3시. 나는 책상 가득 엉킨 실을 늘어놓고 씨름하는 중이었다. 참사가 벌어진 원인은 스웨터를 뜨다 중간에 코가 빠진 것을 뒤늦게 발견하고 풀기로 결정했기 때문이었다. 푼 실을 그때그때 정리하지 않고 신나게 풀기만 하면 어떤 결과를 맞이하는지 풀 때는 미처 알지 못했다. 한 코 한 코 가지런히 모여 스웨터를 이루던 아름다운 모습은 온데간데없고, 바닥에는 도저히 손댈 수 없을 것 같은 카오스 한 뭉치만 덩그러니 남아 있었다. 풀 때 느꼈던 카타르시스의 몇 곱절은 되는 스트레스가 목덜미부터 뻐근하게 올라왔다.

애초에 푸는 틈틈이 엉킨 곳이 없는지 잠깐이라도 살펴가며, 또는 엉키지 않도록 어딘가에 감아가며 풀었더라면 이런 일은 없었을 것이다. 하지만 뜨던 스웨터를 풀어본 건 그때가 처음이었고, 처음 해본 일들은 대개 생각지 못한 결말을 안겨준다. 나는 나박물김치를 처음 담가봤다. 시어머니의 안위를 위해 시작한 일이었지만, 돌아온 건 '잘난 척'이라는 수사였다. 그런 식의 대화는 처음이 아니었다. 내가 번 돈을 콩나물값이라 부르거나 그 약간의 소득에도 세금이 붙느냐 묻고, 내가 낸 책을 두고 이런 책을 누가 보느냐고 말하던 시어머니의 난폭한 말투는 아무리 들어도 익숙해지지 않았다. 그런 말을 참을 수 없게 된 어느 시점부터 나는 시어머니와의 만남을 줄였지만, 그의 냉소는 우리가 만나는 횟수와 반비례해 커졌다. 그러는 동안 남편은 뒤로 물러나 있었다.

시어머니의 성향을 모르는 바는 아니었다. 그는 내가 아는 가장 쿨한 사람이었다. 아이를 낳지 않겠다고 선언한 며느리에게 단 한 번도 아이 문제를 거론하지 않았고, 장가 간 아들이 밥은 잘 먹고 다니는지 걱정할 법도 했지만 며느리의 요리 실력을 궁금해한 적이 없었다. 사돈과 처음 만난 상견례 자리에서 "며느리는 며느리지 딸은 아니잖아요"라고 말했을 때, 나는 그가 차가워서 무서웠지만 쿨해서 멋있다고도 생각했다.

그의 쿨한 말투가 칼로 변한 건 언제부터였을까. 설거지를 하다, 운동을 하다, 일을 하다 불쑥불쑥 떠오른 그의 말은 나를 헤집었다. 다른 사람 같으면 한판 붙자고 달려들어도 벌써 달려들었을 말들이었지만, 입도 뻥끗 못 하고 그렇다고 못 들은 척 훌훌 털지도 못한 채 차곡차곡 쌓아둘 수밖에 없던 데에는 이유가 있었다. 시어머니는 이 말을 자주했다.

"나는 며느리한테 절대 일 안 시켜."

사실이었다. 그가 며느리이던 시절 이야기를 남

편에게 들은 적이 있다. 부잣집인 줄 알고 시집왔는데 와 보니 아니더라는 이야기, 그의 시어머니는 식탁에 2,000원을 던져 주고는 "이걸로 저녁 해 놔라" 하며 외출하는 사람이었다는 이야기, 그는 친정에서 펑펑 울고 돌아와 결국 저녁밥을 지었다는 이야기. 혹독한 며느라기와 고된 시집살이를 견딘 그는 당신의 며느리에게만큼은 그런 삶을 물려주지 않겠다는 생각을 신조로 정한 듯했고, 바위처럼 굳건하게 그것을 지켜왔다. 그리고 마침내 '나는 내 시어머니와 다른 시어머니'라는 자부심을 느꼈는지도. 그것이 합당한 자부심이고, 불합리의 대물림을 끊어낸 그는 존경받아 마땅한 시어머니라는 사실을 누구보다 잘 아는 사람이 그의 며느리인 나였다.

하지만 혼란스러운 건 어쩔 수 없었다. 바위처럼 단단한 배려와 칼처럼 벼려진 말이 한 사람에게서 나온다는 사실을 나는 선뜻 받아들일 수 없었다. 일을 시키지 않는다고 해서 어떤 말이든 해도 되는 건 아니라고, 그런 말을 계속 하실 생각이라면 차라리 일을 시키시라고 말하고 싶었다. 하지만 그와 내가 양 끝을 하나씩 잡고 있던 실이 엉켰다는 사실을 말할 용기가 내게는 없었고, 말해서도 안 된다고 생각했다. 아무도 말한 적 없는 고부 사이의 갑을 관계가 내 안에 공기처럼 자리 잡고 있었다. 엉킨 실타래는 다른 실마저 지나가지 못하게 방해하며 자꾸만 몸집을 키워갔다.

엉킨 실을 풀다 보니 요령이 생긴 것도 같았다. 그 요령이란 엉킨 한가운데, 즉 카오스의 핵부터 건드려봤자 소용이 없다는 것이었다. 그렇게 하면 손가락도 아프지만, 어쩌다 매듭 하나를 풀었다 해도 금세 나든 매듭에 가로막혀 인내심이 바닥나기 쉽다. 가위로 싹둑 자르고 싶은 마음이 굴뚝같아진다. 달콤한 유혹이지만 그러지 않는 이유는 그게 사실이 아님을 알기 때문이다. 엉킨 실을 푸는 데 가위는 도움이 되지 않는다. 엉킨 실 한 덩이를 두 덩이로 나눠놓을 뿐.

방법은 실 끝을 찾아 놓치지 않도록 꼭 붙잡고, 거기서부터 차근차근 풀어나가는 것이다. 그러다 보면 엉킨 실의 주변이 서서히 정리되면서 자연스럽게 카오스의 핵을 만나게 된다. 주변이 정리된 뒤에 만난 카오스의 핵은 이미 힘을 잃어 작은 손놀림에도 쉽게 자신을 내준다. 여기에 이르기까지 충분한 시간이 필요한 것은 말할 것도 없다. 결국, 늘 그렇듯 시간이 문제다. 150그램의 카오스를 모두 풀어낼 만큼의 시간을 견디기는 어려웠다. 한 번에 풀어내기에는 너무 많이 엉켜 있었다.

나는 즐겁고 싶어서 뜨개를 하는데 이 실은 왜 내게 스트레스를 주는가. 앙칼진 주먹을 펼 생각이 없어 보이는 손 염색실을 원망하며 쓰레기통에 처박았다. 하지만 실은 잘못이 없다. 이 모든 것은 엉킨 실타래를 마주한 내 마음이 만들어낸 감정이다. 쓰레기통에서 실을 꺼내 지퍼 백에 옮겨 담았다. 버리지는 말자. 오늘은 오늘 몫의 뜨개를 하자. 언젠가 문득 떠오르면 그때 다시 풀어보자 생각하며.

마침 읽고 있던 정혜신 박사의 책에서 비슷한 맥락의 글이 눈에 들어왔다. 세월호 특별법 서명을 받던 현장에서 한 무리의 노인들이 집기를 부수고 유가족에게 욕을 퍼붓는 일이 있었다고 한다. 난폭한 소동이 끝난 후 저자는 그중 한 노인과 대화를 나누게 됐다. 뜻밖에도 그녀의 첫 질문은 "왜 그러셨어요?"가 아니라 "고향이 어디세요?"였다. 그렇게 대화를 시작한 노인은 사별한 아내 이야기부터 자신에게 무관심한 가족 이야기까지 황량하기만 한 그의 삶을 털어놓았고, 듣던 저자는 이따금 눈시울을 붉혔다. 노인은 이야기를 마무리하며 이렇게 말했다. "내가 아까 유가족한테 욕한 건 좀 부끄럽지." 이 이야기 끝에 정혜신 박사는 이렇게 덧붙였다.

소동에 관한 이야기 자체만으로는 소동에 관한 진짜 이야기를 할 수 없다. 싸우려는 게 목적이 아니라면.*

아무리 사이가 멀어진 고부 관계라 해도, 처음부터 멀어질 줄 알고 관계를 시작하는 고부는 없다. 시어머니라고 나를 처음 본 순간부터 그런 시어머니가 되겠다고 결심했을 리 없고, 나도 고부 관계라는 벽에 갇혀 을을 자처하지 말았어야 했다. 고부가 만나는 횟수를 줄이면 갈등이 사라질 줄로 믿었던 남편은 뒤늦게 상황을 깨닫고 내게 시어머니와 대화해 보라고 했지만 가당치 않았다. 이 상황에서 대화한들 그게 대화일 수 있을까. 정혜신 박사의 말을 빌리면, 그건 갈등에 관한 대화 이상도 이하도 아니며 그런 대화로는 갈등에 관한 진짜 이야기를 할 수 없다. 싸우려는 게 목적이 아니라면.

하지만 추석이 끝나고 두 달이 지난 12월의 어느 날, 나는 끝내 시어머니와 마주 앉았다. 실을 싹둑 잘라낼 수는 없으니 입이라도 뻥끗해야 숨 쉬

* 「존재의 개별성을 무시하는 폭력적 시선」, 『당신이 옳다』, 해냄, 2018, 45쪽.

고 살 수 있을 것 같았다. 내게 대화를 권했던 남편도 함께였다. 울며불며 화내지 않고서는 말할 수 없을 줄 알았지만, 나는 예상 외로 담담했다. 상대방이 어떻게 들을지 생각하지 않고 말을 해본 것은 그때가 처음이었다. 시어머니는 내게 했던 말의 대부분을 기억하지 못했다. 나도 어떻게 끝내겠다는 구상을 갖고 시작한 대화가 아니었다. 나는 내 마음을, 그는 그의 마음을 말했다. 말의 효율을 중시하는 두 사람이었던 만큼 우리의 대화는 직선으로만 뻗었고 이따금 서로의 말을 이해하지 못해 대화가 엉키기도 했다. 그럴 때 매듭을 풀어준 사람은 남편이었다. 남편은 둘 중 어느 쪽의 편도 들지 않고 어느 쪽도 탓하지 않은 채 엉킨 실을 가만히 풀어 건넬 뿐이었다. 다시 받아든 실은 한결 부드러운 포물선을 그렸다. 어른에게 그렇게까지 솔직하게 내 마음을 표현해본 것도 그때가 처음이었다. 알다시피 처음 해본 일들은 대개 생각지 못한 결말을 안겨준다.

그 대화의 결말은 정말이지 뜻밖이었다. 시어머니는 내 말에 놀랐고 당황했고 당신이 며느리이던 시절이 떠올라 억울한 것처럼도 보였지만, 그럼에도 내게 미안하다고 했다. 네가 받아들이지 못한다면 안 하겠다는 말, 자신은 말한 건 지키는 사람이라는 말도 함께. 시어머니가 말을 지키는 사람이라는 건 나도 잘 아는 바였다. 나는 사과해주셔서 감사하다고 말하고 내려왔다. 그날 저녁, 다시 올라가 이번에는 내가 사과했다. 나보다 인생을 두 배는 더 산 시어머니에게 눈 동그랗게 뜨고 또박또박 따진 게 송구해 죄송하다고 말씀드렸다. 그는 나를 건방지고 괘씸한 며느리라 보기에 충분했지만, 지금까지 그런 심경을 표현한 적은 없다.

지퍼 백에 담은 손 염색실은 여전히 서랍 안에 잠들어 있다. 그런 실도 있다. 뜨개는 따뜻하고 아름답지만, 풀지 못한 실로는 뜨개를 할 수 없다. 풀어낸 척해봤자 얼마 뜨지 못하고 카오스를 만날 테니까. 그런 실로 하는 뜨개는 흉내일 뿐이고, 누구도 행복하게 하지 못한다. 더는 예쁘지도 부드럽지도 않지만 내 소란했던 마음을 고스란히 안고 잠든 실. 그런 실이 있다. 그 곁에 나와 함께 엉킨 실을 풀어보자고 말하는 사람이 있다.

자기 분열적 뜨개와 존재의 증명

"딩동~ 서라미 고객님, 고객님의 소중한 상품이 도착했습니다. 보내는 분: ○○뜨개."

드디어 택배가 왔다. 그제 주문한 실이다. 부리나케 현관으로 달려가 봉투를 들인다. 커터 칼로 조심스럽게 봉투를 뜯는다. 테이블 위에 영롱한 실들이 쏟아져 내린다. 예쁘다. 이번에도 잘 샀다. 행복하다. 하지만 언제까지 감상에 잠겨 있을 수는 없다. 곧 남편이 올 시간이다. 소중한 실들을 선반 안 깊숙이, 택배 봉투는 운송장을 뜯어 서랍 안쪽에, 마지막으로 테이블 위에 내려앉은 먼지까지 말끔하게 닦아내면 증거 인멸이다. 그렇게 오늘도 실 쇼핑이라는 완전범죄에 성공한다.

뜨개에 빠질수록 이것 참 미안한 게 많은 취미라는 생각이 든다. 새로 나온 실을 사서 미안하고, 좋아하는 바늘의 짧은 버전을 또 사서 미안하고, 사려다 못 산 뜨개 책을 기어이 사서 미안하다. 그런데 대체 누구에게? 내가 번 돈 내가 쓰는데, 밥 굶어가며 실 사는 것도 아닌데 누구에게 미안한 건지 알 수 없지만, 어쨌든 죄책감이 그림자처럼 따라다닌다.

스테파니 펄 맥피는 실을 사며 죄책감을 느끼는 건 그만두자며 뜨개인과 골퍼를 비교했다. '골퍼를 보라. 골퍼에게는 골프클럽과 골프공과 골프 카트와 골프 코스 사용료와 회원권이 있는 것도 모자라 주말을 온통 골프에 할애하지 않는가'*로 요약되는 그의 글을 읽고 놀라지 않을 수 없었다. 뜨개인이 실을 사며 죄책감을 느끼는 건 혹시 만국 공통인가? 대체 왜? 일부가 그렇다면 성향이지만 다수가 그렇다면 현상이다. 현상을 분석하려면 대상에서 한 발 뒤로 물러나봐야 한다. 나는 얼마 전부터 뜨개를 식물 가꾸기와 견주어 생각하게 됐다. 『정원가의 열두 달』이라는 책을 읽다 이런 구절을 만났기 때문이다.

> 열정. 그렇다. 정원가는 지독한 열정으로 몸이 달아 나무가 없으면 곧 죽을 사람처럼 각종 묘목을 사들인다. 정원을 가진 모든 친구에게 당장 꺾꽂이 모종을 얻으러 가겠다고 약속을 잡는다. 지금 자신이 가진 것만으로는 절대 만족할 수 없다. 문득 정신을 차리고 보면 마당에 170여 가지에 달하는 묘목이 널려 있다. 얼른 땅에 심어주지 않으면 큰일 나겠다. 그런데 어쩐담, 아무리 둘러봐도 도저히 남는 땅이

* "the 11th thing, Good things come in small packages," *Things I Learned from Knitting*, Storey Publishing, 2008, 아마존 킨들 1.29버전.

없다. 4월의 정원가가 어떤 존재인지를 내게 묻는다면, 시들시들한 묘목을 손에 쥐고 손톱만큼의 빈 땅이라도 찾기 위해 작은 정원을 스무 바퀴쯤 빙빙 도는 사람이라고 답할 것이다.*

이 대목을 읽고 눈이 번쩍 뜨였다. 정원가를 뜨개인으로, 나무를 실로 바꾸면 뜨개인이 실을 살 때의 마음과 꼭 맞아떨어진다. 뜨개인은 지독한 열정으로 몸이 달아 실이 없으면 곧 죽을 사람처럼 각종 실을 사들인다. 지금 가진 것만으로는 절대 만족하지 못한다. 문득 정신을 차리면 서랍에 수십 가지 실이 빼곡하다. 얼른 뜨지 않으면 큰일이 날 것 같다. 그런데 어쩐담. 둘러봐도 도저히 넣을 공간이 없다. 모두 다른 실로 가득 차 있기 때문이다. 뜨개인이 어떤 존재인지를 묻는다면, 실 한 볼을 손에 쥐고 손톱만 한 빈 공간이라도 찾기 위해 작은 서랍 안을 스무 바퀴쯤 휘휘 젓는 사람이라고 답할 것이다.

정원가는 씨앗과 묘목을 사들이며 죄책감을 느낄까? 내가 알기로는 그렇지 않다. 정원가는 키우

* 「정원가의 4월」, 카렐 차페크 지음, 배경린 옮김, 펜연필독약, 2019, 78쪽.

던 식물이 시들거나 죽었을 때 죄책감을 느낀다. 화단 이쪽에서 저쪽으로 넘어갈 때 자신의 다리가 더 길지 못한 것에 죄책감을 느끼고, 휴가를 가면서 정원을 들고 갈 수 없다는 사실에 죄책감을 느낀다. 새로운 씨앗이나 묘목을 손에 넣었을 때 정원가가 하는 일은 최적의 자리를 찾아 심고 잘 자라도록 사랑을 쏟는 일뿐이다. 그렇다면 뜨개인도 새로 산 실과 바늘을 공들여 관리하며 행복감을 느낄 법도 하건만 왜 우리에게는 죄책감이 떠나지 않을까.

좋아하면서 죄책감을 느끼는 이 감정에는 기시감이 있다. 실이나 바늘을 살 때만이 아니다. 혼자서 〈섹스 앤 더 시티〉를 보며 키득거릴 때, 새로 업로드된 분홍색 실을 보며 남몰래 황홀할 때 나는 죄책감을 느낀다. 다 보고 나서는 꼭 이렇게 생각하면서 컴퓨터를 끈다. 캐리 같은 삶은 현실에서는 불가능하지, 분홍색 실로 옷을 떠봤자 입지도 못할 텐데 잘 참았네.

어디서 봤더라. 등장인물의 대사를 듣고 무릎을 탁 친 기억이 있다.

"세상에는 분홍색 옷을 입는 여자와 입지 않는 여자가 있어."

어릴 때는 분홍색 원피스를 입고, 분홍색 가방

을 메고, 분홍색 구두를 신었던 여자들이 어른이 되어서는 마치 "저 그런 사람 아니에요"라고 말하듯 분홍색과 거리를 둔다. 분홍색을 좋아하는 여자는 모두 나약하고 의존적인 사람이라고 말하기라도 하듯. 나도 어릴 때는 분홍색 점퍼를 서슴없이 집어 입고 친구네 집에 놀러 간 기억이 있다. 하지만 지금 내 겉옷 중에 분홍색은 없다. 아무렇게나 조합해 입어도 최악은 면할 수 있도록 카키, 네이비, 그레이, 아이보리가 주를 이룬다. 내 옷장은 언제부터 이런 색들로 채워졌을까.

파란색이나 하늘색을 좋아하면서 죄책감을 느끼는 사람은 본 적이 없다. 도시를 쑥대밭으로 만드는 액션영화나 잔인한 범죄 스릴러를 좋아하면서 미안해하는 사람도 본 적이 없다. 고막을 찢는 소음에 미세먼지까지 뿜어대는 할리데이비슨을 타고 도심을 질주하며 '내가 주변에 피해를 주고 있나?' 자문하는 사람 역시 본 적이 없다. 하지만 백마 탄 왕자님이 등장하는 로맨틱코미디나 쇼핑을 즐기는 여자 주인공이 나오는 드라마를 좋아하는 사람 중에는 '혹시 내가 개념 없어 보이지 않을까?' 걱정하는 사람이 있다. 뜨개나 자수 같은 세상 무해한 취미를 즐기면서도 '내가 실과 바늘을 너무 많이 사나?' 늘 자기

검열을 한다. 여성스러움은 어쩌다 의심하고 검열해야 할 대상이 됐을까.

뜨개를 하면서 내 안의 인지 부조화를 느낀 경험은 또 있다. 뜨개를 시작한 지 얼마 되지 않았을 때 내가 뜨개를 한다는 사실을 안 주변인의 반응은 대개 비슷했다. "네가 그걸 왜 해?" 사람들이 아는 나는 여성스러움과 거리가 먼 반면, 그들이 아는 뜨개는 퍽 여성스러운 취미였기 때문이리라. 나는 뜨개를 하면서도 뜨개를 해도 되나 생각하는 이상한 생각에 종종 빠지고는 했는데, 그 이상함의 정체란 내가 성 편견을 굳히는 데에 보탬이 되는 일을 하는 건 아닐까 하는 의구심이었다. 행여 그렇다 해도 뜨개를 멈출 건 아니었다. 그러기에는 너무 재미있었으니까. 하지만 뜨개를 할수록 궁금했다. 뜨개에는 왜 이렇게 죄책감을 느끼게 하는 요소가 많을까. 지금까지 해본 어떤 취미도 이토록 자기 분열적이지 않았다. 애초에 뜨개는 어쩌다 여성만 즐기는 취미가 됐을까. 나는 왜 뜨개를 순수하게 즐기지 못할까.

직물사 연구가 페넬로페 헤밍웨이는 「니트는 페미니스트 이슈다」라는 글에서 뜨개의 역사와 여성성에 관해 썼다.* 그에 따르면 19세기 이전에 뜨개는 남성과 여성 모두를 위한 보편적인 일이었다고 한다. 그러다 산업혁명이 시작되고 도시를 중심으로 방직 공장이 생겨나면서 뜨개는 점차 가정과 공예의 영역으로 밀려났고 끝내 여성의 전유물이 됐다. 그렇게 일부 여성에 의해 간신히 명맥을 유지하던 뜨개는 1970년대에 이르러 완전히 여성스러운 일로 인식되면서 여성에게조차 외면당한다. 그에 따르면 여성스러운 일을 하는 것이 남자들이 만든 질서에 순응하는 일이라고 여겨지는 사회일수록 이런 경향이 두드러졌다.

여성이 여성스러움을 외면한다는 건 어떤 의미일까. 부끄러운 고백이지만, 뜨개에 빠지지 않았다면 나 역시 뜨개 하는 여성을 참하고 얌전한 사람으로 치부했을 것이다. 뜨개뿐인가. 결혼하지 않았다면 나 또한 돌봄 노동하는 여성을 임금 노동하는 여성에 비해 수동적이고 세상을 넓게 보지 못하는 사람이라고 단정했을지 모른다. 결혼 전의 나는 실제로 그런 방식으로 사고하는 사람이었다고, 민망함을 무릅쓰고 두 번째 고백을 하는 이유는 그것이 경솔한 생각

* 〈The Knitting Genealogist—Hemingway & Hunt〉, 2013, https://theknittinggenie.com/2013/11/16/knit-is-a-feminist-issue.

이었음을 알게 됐기 때문이다. 섣불렀던 한때의 확신이 누군가에게 소외감을 주지는 않았을지 되짚어본다.

여성과 남성의 차이는 정말 없을까. 장난감을 주면 적지 않은 남자아이가 던지고 부수며 노는 반면, 적지 않은 여자아이는 쓰다듬고 안아주며 노는 것을 어떻게 설명해야 할까. 혹시 여성스러운 일을 하는 여성은 수동적이고 시야가 좁다는 인식에는 남성의 시각이 녹아 있는 것이 아닐까. 여성스러움을 열등한 속성으로 인식하는 것은 남성의 세계에서 벌어지는 일이다. 나와 함께 뜨개 책 읽기 모임을 하는 내 뜨개 친구는 이렇게 일갈했다. 여성스러움을 거부하는 것 또한 여성 혐오일 수 있다고 배웠다고.

고 이희호 여사는 생전에 김대중 전 대통령을 간호하며 아침부터 밤까지 뜨개를 했다. 여성 인권 운동가였던 그는 병상에 누운 남편을 위해 장갑과 양말을 뜨면서 한 코 한 코에 어떤 기도를 담았을까. 그중 어디까지가 주체적인 여성의 것이고 어디까지가 현모양처의 것인지 누가 구분할 수 있을까. 구분할 필요가 있을까.

여성스러움은 있다. 그것이 여성만 가진 속성이 아닐 수는 있지만, 많은 여성이 가진 건 분명하다.

여성스러움이란 이런 것이라고 획일적인 틀을 만들어 그 안에 모든 여성을 가두려는 시도는 분명 잘못됐지만, 여성스러운 여성은 주체적이지 못하다는 생각 또한 일방적이기는 마찬가지다. 진정한 여성 연대란, 여성이 여성스러움의 가치를 높게 평가하고 여성스러운 일에 종사하는 여성을 응원하는 것이 아닐까. 어떤 여성이든 자신의 성향을 부끄러워하지 않고 드러내는 것이야말로 성 편견을 거스르는 일이 아닐까. 그렇게 본다면 이 시대에 뜨개를 한다는 것은 그 자체로 저항이다. 페넬로페 헤밍웨이도 한때 페미니스트 친구들 앞에서는 뜨개를 꺼렸다고 한다. 그러나 뜨개의 역사와 여성성의 관계를 연구한 끝에, 여성스러운 취미라 알려진 뜨개가 사실은 페미니즘적인 취미라는 결론에 이르렀다. 그의 뜨개는 전보다 훨씬 자유로워졌으리라.

좋아하는 걸 순수하게 좋아할 줄 아는 사람이 되고 싶다. 무엇보다 실과 바늘을 사며 죄책감을 느끼지 않는 뜨개인이 되고 싶다. 다시 죄책감이 들 것 같으면 이렇게 읊조리며 마음을 다잡으련다. 여성스러운 취미를 즐기는 것은 나쁜 일이 아니라고. 더 많은 실과 더 다양한 뜨개 책을 수집하고 더 많은 시간을 뜨개에 할애함으로써 이 사실을 증명하련다. 문제는 실이 많은 게 아니라 느린 내 손이고, 충분하지 않은 시간이다. 실을 수집하는 속도만큼 미친 듯이 뜨개를 하자. 실을 보관할 더 많은 공간을 확보하자. 좋아하는 일을 한껏 즐기며 행복에 나를 맡기자. 내가 행복해야 주변도 행복하니까.

의외의 니트

부쩍 따뜻해진 날씨에 올봄 들어 처음으로 코튼 셔츠를 꺼내 입었다가 살에 닿은 서늘한 촉감에 흠칫 놀랐다. 문득 몇 달 전에 봤던 예능 프로그램 〈놀면 뭐 하니?〉가 떠올랐다.

그날의 〈놀면 뭐 하니?〉는 제주에서 올라온 이효리, 이상순 부부가 유재석이 만든 유산슬 라면을 맛보며 이런저런 토크를 나누는 내용이었다. 직설적인 화법으로도 유명한 가수 이효리가 평소와 달리 유재석의 말을 따뜻하게 받아주자 웃음이 터진 유재석이 물었다.

"오늘 왜 이렇게 따뜻하니?"

그리고 이효리의 대답.

"니트 입어서."

실제로 그날 이효리는 연한 오트밀 색감의 터틀넥 니트를 입었고, 멋쩍어하며 대답하는 그의 얼굴 옆에는 "아무 말"이라는 자막이 띄워졌다. 흠… 과연 아무 말이었을까. 아마도 〈놀면 뭐 하니?〉 제작진 중에는 뜨개를 즐기는 사람이 없나 보다 생각했다. 적어도 니트의 장점을 아는 사람이 없는 건 분명해 보였다.

어느 심리학 책에서 제복 효과에 대해 읽은 적이 있다. 입고 있는 옷에 따라서 사람의 행동이나 심리에 변화가 생긴다는 것인데, 실제로 이를 증명한 실험이 여럿 있다. 어떤 사람에게 문제를 내 틀린 답을 말하면 1~6단계 중 하나를 골라 전기충격을 가하게 했더니, 간호사 제복을 입었을 때는 충격이 작은 버튼을 눌렀지만, KKK단과 유사한 옷을 입었을 때는 충격이 강한 버튼을 눌렀다고 한다. 그런가 하면 흰 가운을 입은 그룹은 가운을 입지 않은 그룹보다 실수를 절반만 저질렀다는 심리 실험도 있다. 그러니까 사람은 입은 대로 생각한다는 것인데, 사실 이건 심리 실험까지 갈 것도 없이 누구나 경험으로 아는 사실이다. 꽃무늬 시폰 원피스를 입으면 요조숙녀처럼 생각하고, 데님 배기팬츠를 입으면 자유로운 소년처럼 생각한다. 정장을 입으면 회사원처럼 생각하고, 트레이닝복을 입으면 백수처럼 생각한다. 그래서 집에서 입는 옷과 외출할 때 입는 옷이 다르고, 그날의 기분에 따라 코디가 달라진다.

니트를 만드는 실은 대개 포근하고 따뜻하다. 캐시미어도 알파카도 모헤어도 하나같이 구름처럼 가볍고 부드럽다. 그렇게 생각하면 니트를 입어서 따뜻한 리액션이 나온다는 이효리의 말은 아무 말이 아니다. 오히려 니트의 특징뿐 아니라 옷이 사람의 생각에 미치는 영향까지 정확하게 포착한 말이다.

"니트 입어서"라는 이효리의 말을 되뇌다 또 한 사람의 얼굴이 떠올랐다. 〈놀면 뭐 하니?〉를 보기 한 달쯤 전, 신문을 이리저리 들춰 보다 사진 한 장에 눈길이 멈춘 적이 있다. 문을 열고 들어오는 서지현 검사의 사진이었는데, 평소와는 사뭇 다른 느낌이었다. 새까만 머리칼에 야무져 보이는 표정은 여전한데, 뭐가 달라진 거지?

니트였다. 늘 검은 코트나 검은 재킷 차림으로 대중 앞에 섰던 서지현은 사진 속에서 옅은 하늘색 니트를 입고 있었다. 기사를 읽어보니, 복장은 물론 헤어스타일까지 조금이라도 튀면 말이 나돌던 검찰의 조직문화를 버리기 위해 검은 옷부터 갈아입고 희망을 이야기해보고 싶었다고 했다.

정장의 핏이 정확한 재단에서 나온다면, 니트의 핏은 넉넉한 품에서 나온다. 편물인 니트는 직물인 정장과 달리 몸을 옥죄지 않는다. 몸의 곡선을 따라 흐르며 살포시 감쌀 뿐이다. 무엇보다 블랙, 네이비, 그레이에 한정된 정장과 달리 니트의 색감에는 제한이 없다. 계절에 따라 기분에 따라 또는 취향에 따라 어떤 색이든 가능하다. 서지현은 획일적인 검찰 조직 안에서 희망을 싹틔우겠다는 의지를 니트로 표현했다.

그의 브이넥 니트는 목둘레가 넓은 디자인이라 목선이 훤히 드러났다. 굵고 튼실해 보이는 목은 흔들림 없어 보이는 서지현의 표정을 단단히 받쳐주었다. 그래서였나 보다, 평소보다 더 야무져 보였던 것은. 목둘레가 헐렁한 브이넥 니트는 자칫 긴장감 없이 보일 수 있지만, 그는 드러난 목 때문에 오히려 강인해 보였다.

니트와 강인함이 가능한 조합이라면, 니트와 악당은 어떨까. 영화 〈다크 나이트 라이즈〉의 악당 베인이 뜨개인이라는 사실을 아는지. 고담시를 장악한 뒤 조너선 크레인이 인민재판을 빙자해 부패한 사업가를 추방할 때, 베인이 군중 속에서 말없이 뜨개를 하고 있었다는 사실을 아는 사람은 많지 않은 것 같다. 나도 기사를 보고서야 알았다. 이걸 발견한 사람은 허핑턴포스트 기자인 모양인데, 기자의 문의에 제작사인 워너 브러더스는 기자의 눈썰미가 예리하다고 답했다고 한다.

〈다크 나이트 라이즈〉가 찰스 디킨스의 소설 『두 도시 이야기』를 모티프로 삼았다는 사실은 잘 알려져 있다. 실제로 영화에는 소설 속 설정과 대사가 오마주처럼 등장하는데, 베인 캐릭터는 『두 도시 이야기』의 주요 악당인 드파르주 부인에서 가져온 것이라고 한다. 드파르주 부인은 혁명의 기운이 감돌던 파리에서 혁명의 완성을 위해 살생부를 만든 인물이다. 그리고 그는 늘 뜨개를 한다.

드파르주 부인의 뜨개에는 두 가지 의미가 있다. 하나는 살생부 명단이다. 그는 살생부의 보안을 유지하기 위해 뜨개 무늬에 암호 패턴을 넣어 명단을 기록했다. (살생부 명단을 암호화한 도안이라니!) 또 하나는 잔혹한 행위를 감행할 때의 냉정함을 상징하는 장치로서의 뜨개다. 드파르주 부인은 세상 평온한 표정으로 세상 무해한 활동인 뜨개를 하면서 사형선고를 내렸는데, 베인이 뜨개를 하며 인민재판을 지켜보는 장면이 여기에서 가져온 것이라고 한다.

나는 아직 『두 도시 이야기』를 읽지 못했지만, 뜨개를 하며 처형할 사람을 솎아낸다는 설정이 글쎄, 썩 와닿지는 않는다. 내가 세상 모든 뜨개인을 좋게만 보는지도. 하지만 뜨개를 하면서 살인을 생각한다? 그건 마치 새벽의 고속도로를 질주하는 폭주족이 얼른 집에 들어가서 거북이 밥 줘야지 생각하는 것과 같지 않을까. 혹시 찰스 디킨스는 뜨개를 해본 적이 없는 게 아닐까. 그런데 허핑턴포스트 기자는 베인이 뜨개 하는 줄을 어떻게 알았을까. 넷플릭스에서 〈다크 나이트 라이즈〉를 재생하면 1시간 57분

쯤에서 이 장면이 나오는데, 그저 긴 줄로 손장난을 하는 것처럼 보인다. 무엇보다 바늘이 눈에 띄지 않는다. 혹시 크리스토퍼 놀란도 뜨개를 해본 적이 없는 게 아닐까.

이효리와 서지현이 입고, 베인이 손장난을 했던 니트는 또 한 번 의외의 지점에서 모습을 드러내는데 바로 러닝이다. 한때는 누구나 가죽으로 만든 러닝화를 신었고 나중에는 직물로 만든 러닝화가 달리기 효율을 높였지만, 니트만큼은 아니었다. 내가 발등 부분이 니트로 된 러닝화를 신고 달리고 있었다는 사실을 발견한 건 최근이다. 이 러닝화를 구매한 건 6년 전. 매장 직원의 추천으로 덥석 산 이래, 중간에 다른 러닝화를 신었다가도 이 신발로 돌아오기를 몇 번인가 반복했다. 이것만큼 발이 편하고 통풍이 잘 되는 러닝화를 아직 만나지 못했다. 내가 니트에 관심이 없던 시절에도 이 러닝화는 묵묵히 내 발을 감싸고 있었다니. 운명의 데스티니를 읊조리게 하는 이 러닝화의 이름은 플라이니트(flyknit).

나이키가 킵초게를 위해 제작했다는 플라이니트를 나도 신고 뛴다. 그런다고 내가 킵초게가 되는 것은 아니지만, 마음만큼은 그 못지않다. 과연 양말을 신은 듯 가볍다. 킵초게에게 세계 신기록을 안겨

주고, 덩달아 내 달리기 기록도 매해 경신해주는 일등 공신은 다름 아닌, 니트다.

꽈배기의 진짜 이름

나는 언니를 언니라고 부르고, 언니는 나를 언니라고 부른다. 그러니까 우리는 서로에게 언니인 셈이다. 무슨 말인가 하면, 언니는 내 남편의 사촌 여동생이고 나보다 나이가 많다. 나는 언니가 나이로 언니라서 언니라고 부르고, 언니는 내가 사촌 오빠의 아내이기 때문에 나를 언니라고 부른다. 그렇게 우리는 서로를 언니라고 불러왔다.

언니는 경의선 숲길 끝자락에서 작은 카페를 한다. 나와 남편은 쉬는 날이면 종종 경의선 숲길을 걸어 그 끝에 있는 언니네 카페에서 커피를 마신다. 약간의 수다를 곁들인 고소한 라테를 한 잔 마시고, 갔던 길을 거슬러 집에 돌아오는 것이 우리 부부가 휴일을 보내는 방법이다.

얼마 전에도 남편과 함께 경의선 숲길을 걸어 언니네 카페에 갔다. 평소와 다름없이 라테를 주문했고, 언니와 이런저런 이야기를 나누었다. 그러다 문득 작은어머니의 뜨개가 생각났다. 나는 몇 년 전, 작은어머니가 손수 뜬 아란무늬 히프워머를 선물받은 적이 있다.

"언니, 작은어머니는 뜨개를 언제부터 하셨어요?"

그게 시작이었다. 뜨개는 물론이고 퀼트, 자수,

비즈, 리본 공예까지 넓고도 깊은 작은어머니의 수예 사랑 내력이 언니의 입을 통해 화수분처럼 쏟아져 나왔다. 지금처럼 공방이나 아카데미가 변변치 않았을 옛날에는 뜨개를 어떻게 배우고 즐겼을까 늘 궁금했던 나였다. 작은어머니는 결혼 전부터 뜨개를 해왔으니, 첫 뜨개의 기억부터 물어본다면 자그마치 50여 년에 걸친 이야기를 들을 수 있을 터였다.

엄청난 인터뷰이가 이렇게 가까이에 있었다니! 횡재한 기분에 젖어 마음이 들썩이던 찰나, 책장에서 무언가를 뒤적이던 언니가 책 한 권을 내밀었다. 무려 1972년 발행된 일본 잡지였는데 중간에 뜨개 도안이 실려 있었다. 제목은 '이 겨울, 스웨터를 뜨려는 사람을 위해'. 노랗게 물든 들판을 배경으로 빨간 카디건을 입은 여성 모델의 사진이 강렬했다. 하지만 그보다 내 눈을 사로잡은 것은 뜨개 도안의 형식이었다.

보통 일본에서 발행되는 뜨개 도안은 페이지 맨 위에 준비물과 도안에 대한 개괄이 짧고 건조한 문장으로 담기고, 그 아래 지면의 대부분을 그림 도안이 차지한다. 하지만 이 도안은 마치 옆에서 누군가가 뜨는 법을 직접 가르쳐주는 듯한 문장으로 되어 있어서, 얼핏 보면 도안이 아니라 빨간 스웨터를 취재한 기사처럼 보였다. 읽어 보니 도안이 맞았다. "먼저 7단까지 뜬 다음, 편물을 돌려 양 끝으로부터 1코씩 들어간 자리에서 실을 한 바퀴 돌리고, 다음 겉뜨기 단에서는 구멍이 생기지 않도록 코의 뒤쪽에 바늘을 넣어 꼬아뜹니다."* 이런 식의 문장이 두 페이지 가득이었다. 이런 도안이라면 뜨개를 하는 마음이 훨씬 편안하지 않을까. 그저 '꼬아뜨기를 한다'라고 하지 않고, 꼬아서 떠야 하는 이유와 방법을 친절하게 알려주고 있으니까. 꼬아뜨기를 모르는 사람이라도 그게 뭔지 다른 책이나 영상을 찾아볼 필요가 없다. 이건 1970년대에 발행된 도안의 특징일까, 이 잡지만의 독특한 문법일까.

전통적으로 뜨개 도안은 영미권에서는 서술형으로, 우리나라와 일본에서는 기호형으로 작성해왔다. 요즘은 영미권의 뜨개 문화가 유입되면서 아시아권에서도 서술형 도안이 적지 않게 나오지만, 과거부터 이어진 흐름을 놓고 보면 서양은 문장 도안, 동양은 그림 도안이 일반적이다. 이런 흐름이 왜 생겼을까가 늘 궁금했는데 그 원인을 분석한 글을 아직 찾지 못했다. 어느 책에선가 서양에서는 문자 문

* 『暮しの手帖 vol. 21』, 暮しの手帖社, 1972冬号, 86~89쪽.

화가 발달해서 논리적이고 직접적인 사고가 발달했지만, 동양에서는 그림 문화가 발달해 맥락과 집단의식을 중시하는 사고가 발달했다는 글을 본 적이 있다. 이걸 바탕으로 생각한다면, 서양인이 서술형 도안을 만들고 동양인이 기호형 도안을 만드는 건 일견 당연해 보였다. 아란제도 사람들이 기호 도안으로 뜨개를 전수했다는 사실을 알기 전까지는.

아란제도는 아일랜드 서쪽 골웨이만에 위치한 세 개의 섬이다. 육지까지 페리로 한 시간이면 닿는 거리라고 하니 부산에서 대마도쯤 될까. 육지에서 가깝다면 가깝고 멀다면 먼 아란제도에는 19세기에 접어들 무렵까지도 육지로 이동할 수단이 변변치 않았다고 한다. 그래서 태풍이 닥치는 시기가 되면 육지를 마주 보고도 오고 가지 못해 몇 주나 고립되기 일쑤였다고. 덕분에 그들만의 독특한 문화를 보존하고 발전시킬 수 있었는데 그중 하나가 뜨개다.

나는 요즘 아란 스웨터에 빠져 있다. 지금은 피셔맨 스웨터라고도 부르지만 나 어릴 때는 그냥 '꽈배기 세타'였다. 울룩불룩한 무늬가 들어간 두껍고 투박한 옷을 나는 썩 좋아하지 않았지만, 어느 집에나 이런 세타가 한 벌쯤은 있었고 보통은 세타라는 단어도 빼고 '꽈배기'라고 하면 다들 그 옷인 줄을 알았다. 그 꽈배기 세타의 본명이 아란 스웨터다.

아란무늬는 종류가 다양하다. 꽈배기가 왼쪽으로 꼬였는지 오른쪽으로 꼬였는지, 굵은지 얇은지, 사슬처럼 엮였는지 매끈하게 이어졌는지에 따라 전혀 다른 무늬가 된다. 한 꽈배기 안에 다른 꽈배기가 들어 있기도 하고, 꽈배기 안에 동글동글한 버블이 빼곡히 채워져 있기도 하다. 아란섬의 여인들은 이 다양한 무늬 안에 고기잡이 나서는 남편의 무사 귀환과 풍어를 기원하는 마음을 담았고, 나중에는 자기 집안을 상징하는 무늬를 만들어 뜨는 방법을 딸에게 가르쳤다고 한다. 고기를 잡으러 나갔다가 사고를 당한 익사자의 주검이 해안가에 밀려오면, 입고 있는 스웨터의 무늬로 어느 집 가장인지를 파악했다고.*

지구 반대편에 있는 작은 섬에서 100년도 전에 어부를 위해 만들어진 뜨개 무늬가 지금 내 스마트폰 안에 가득 저장되어 있을 수 있는 건 그것을 알린 사람이 있었기 때문이다. 다른 지역에서는 볼 수 없는 아란 스웨터의 독특한 매력에 빠진 당시의 뜨개

* 「アランセーターの真実」, 〈Jack Nozawaya〉, 野沢 弥市朗, 2001, http://www.savilerowclub.com/clipboard/aranhistory.

인들이 영국으로, 스코틀랜드로 가져가 이를 소개하기는 했지만, 그럼에도 여전히 아란 스웨터는 특정 지역을 대표하는 디자인에 머물러 있었다. 그러다 1949년에 아일랜드가 영국으로부터 독립하면서 적극적으로 대미 수출 정책을 폈는데 그때 수출 1등 품목이 아란 스웨터였다. 뜨개가 산업이 된 건 이때부터다. 뜨개 전문 인력을 구성해 제각각으로 뜨던 사이즈를 표준화하고, 일정한 완성도를 갖춘 스웨터를 다량 생산해 수출하기 시작했다.

켈트 문화의 숨결이 담긴 이 고상한 스웨터를 당대 최고의 디자이너는 놓치지 않았다. 크리스찬 디올이다. 《보그》와 《하퍼스 바자》에 소개되면서 파리를 시작으로 점차 대중에게 알려지기 시작한 아란 스웨터는 1960년대 미국에서 대유행한다. 당시 미국의 대통령은 J. F. 케네디였다. 그의 할아버지 고향이 어디였는가? 아일랜드다. 미국에서 아이리시 아메리칸이 겨우 목소리 내고 살게 된 시점에 그가 고향에서 온 전설의 스웨터를 사랑하지 않을 도리는 없었으리라. 주문이 어찌나 밀려들었는지, 당시 아란 스웨터를 만들던 전문 뜨개인 중 손이 빠른 사람은 1년에 자그마치 41벌의 아란 스웨터를 완성했다고 한다. 대략 9일마다 한 벌을 완성한 셈이다. 그야말로 모터 손이 아닐 수 없다.

이 아란 스웨터를 만든 장본인들이 그 복잡한 무늬를 기호로 그려 전수했다는 사실을 알고 나니 기호 도안을 좋아하는 내 성향을 안목이라 부르고 싶어졌다. 꽈배기 무늬의 구조를 직관적으로 전달하기 위해 문장보다 기호가 적합하다는 데에는 이견이 없다. 하지만 아란 사람들은 아주 단순한 디자인을 표현할 때조차 문장으로 기술하지 않은 것 같다. 그들은 왜 서술형 도안을 사용하지 않았을까. 여기서 벽에 부딪혀 더 나아가지 못하던 나를 보며 남편이 툭 던지듯 말했다.

"고립된 섬이라 여자들의 문맹률이 높아서 문자보다 그림이 편했던 게 아닐까?"

정답인지 확인할 길은 없지만 그럴듯하게 들렸다. 아란에서는 노래를 가르칠 때도 악보를 그리지 않고 흥얼거리는 방식으로 전수했고, 이야기도 모두 구전으로 전했다고 했다. 이 모든 게 혹시 문맹률 때문이라면….

혹시 우리나라와 일본에서 기호 도안을 사용해 온 것도 여성 문맹률과 관련이 있을까. 뜨개가 우리나라에 퍼지기 시작했던 1900년대 초 동양과 서양의 여성 문맹률은 어땠을까. 당시 서양에서도 가부장제가 위세를 떨치기는 했지만 제인 오스틴이나 버지니아 울프처럼 인정받은 여성 작가들이 존재했고, 그렇다는 건 이들이 쓴 소설을 읽는 여성 독자 시장이 존재했다는 뜻이리라. 반면 동양의 상황은 녹록지 못했다. 1930년대 조선의 여성 문맹률은 92퍼센트에 달했다고 한다. 여성 작가는커녕, 여성 작가의 글을 소구하는 시장도 없었을 것이다. 당시 일본도 여성 문맹률로는 우리와 다르지 않았을 터.

시대가 바뀌어 문자의 시대를 지나 영상의 시대에 접어들었다. 이제는 도안이 없어도 영상 속 손을 따라 뜨기만 하면 작품을 완성할 수 있다. 뜨개브이로그를 시청하며 영상 속 뜨개인에게 나를 투영하는 일도 낯설지 않다. 인공지능 시대에 뜨개 풍경은 어떻게 달라질까. 로봇이 뜨개를 점령하는 일은 일어나지 않을 것 같지만, 뜨개 환경을 개선하는 수단으로써 로봇에게 바라는 기능을 하나만 말해보라고 한다면, 나는 뜨던 편물을 보여주면 콧수와 단수를 자동으로 세어주는 기능을 들겠다. 그럼 옆에서 말 거는 소리에 콧수를 다시 세야 하는 일은 없을 테니까. 또는 스와치만 떠주는 로봇이 있으면 어떨까. 실 꼬리만 정리해주는 로봇도.

작은어머니가 보시던 수예 책은 여러 권이 더

있었다. 요즘 책이라 해도 믿을 만큼 보존 상태가 훌륭한 프랑스 뜨개 잡지, 여행지에서 틈틈이 사 모은 자수 책, 레이스 책, 리본 공예 책, 여기에 언니가 서점에서 발견했다는 전원 스타일 조끼 도안이 가득한 뜨개 책까지. 반 흥분 상태로 이 책 저 책 두서없이 펼쳐 보다 책갈피 사이에 끼워져 있는 종이 한 장을 발견했다. 소매산을 그려 오린 듯한 그 종이는 색이 있는 대로 바래 크라프트지처럼 노란빛을 띠고 있었고, 둥글려진 소매산을 따라 2, 2, 2, 3, 6 같은 숫자들이 적혀 있었다. 그저 오래된 줄로만 알았던 무언가가 이야기를 담은 결정적 소품으로 바뀌는 순간이었다. 이 종이는 언제부터 여기에 끼워져 있었을까. 작은어머니는 누구를 위해 어떤 옷을 뜨고 계셨을까. 코로나가 잠잠해지면 할 일이 하나 늘었다.

미사일과 뜨개질

영화나 드라마를 보다가 가끔 탑골 번역이라 불릴 만한 재미있는 자막을 발견할 때가 있다. 같은 외국어지만 지금은 그렇게 부르지 않는, 혹은 그때는 이렇다 할 한글 표현이 없었지만 지금은 대중적이라 외국어를 그대로 쓰는 표현들. 이를테면 〈섹스 앤 더 시티〉 시즌6에서 육아에 지쳐 살이 쪽 빠진 미란다가 옛날에는 꽉 껴서 못 입던 '날씬이 바지'를 근사하게 차려입고 클럽에 가는 장면이라든지.

직업병인지 몰라도 영화나 드라마를 볼 때 저 번역 참 재미있네, 나라면 뭐라고 번역했을까 생각하면서 보는 습관이 있다. 반대로 재미있는 우리말 표현을 발견하면 이건 외국어로 뭐라고 번역할까도 생각하는데, 의미가 통하면서 뉘앙스까지 꼭 들어맞는 표현을 찾아내면 수수께끼를 푼 것처럼 신나지만, 찾지 못하면 답답해진다. 머릿속이 가려운데 긁지 못하는 느낌이랄까.

공교롭게도 뜨개를 하면서 머릿속이 가려울 때가 있다. 그것도 상당히 자주.

"우리 같이 뜨개질해요!"

"예쁜 실로 뜨개질하면 기분 정말 좋은 거 아시죠?"

"퇴근하고 뜨개질 시간~."

뜨개나 손뜨개면 쉽다. 영어로는 knitting이나 hand knitting, 일본어로는 編み나 手編み라고 하면 되니까. 그런데 뜨개'질'은?

포털사이트 뉴스에서 뜨개질을 검색하면 꽤 여러 건의 기사가 나온다. 대부분 지방자치단체에서 진행하는 뜨개 봉사활동이나 뜨개 전시회를 홍보하는 기사인데, 그 와중에 독특한 제목이 눈에 띄었다. 심지어 단독까지 붙은.

"단독. 北 지휘부라더니… 알고 보니 '뜨개질 연구소' 타격."

김정은이 연일 ICBM을 발사하며 누구의 핵 단추가 더 큰지 트럼프와 옥신각신하던 시절의 뉴스였다. 계속되는 도발에 맞서 우리 국방부가 북한의 핵심 시설에 미사일을 쏠 경우 평양 시내에 가해질 타격을 가상으로 보여주는 시나리오도 함께였다. 그런데 핵심 시설인 줄 알았던 그곳이 알고 보니 평양 수예 연구소라는 것이다. 기자는 평양 수예 연구소에 대해 이렇게 덧붙였다.

"평양시 보통강 구역 105층 류경호텔 앞에 있는 공예 미술 창작 기관으로, 주로 자수와 뜨개질 기술을 연마하는 곳입니다."

기자가 제목에 뜨개질 연구소를 넣은 건 실수

가 아닐 것이다. 오히려 뜨개에 대한 인식을 보여주는 단면이라고 나는 생각한다. 가장 아픈 대목은 뜨개'질'이다. 평양 수예 연구소가 자수와 뜨개질 기술을 연마하는 곳이라면, 기사 제목에 "알고 보니 자수 연구소"라고 쓰지 않고 굳이 "알고 보니 뜨개질 연구소"라고 쓴 이유는 무엇일까. 나는 기자가 접미사 '질'의 뉘앙스를 정확히 알고 있다고 생각한다

국립국어원의 한국어기초사전에서 '질'을 찾아보면 뜻풀이가 여섯 가지나 있다. 사전적으로야 저마다의 자리와 쓰임새가 있겠지만, 일상생활에서 질이 붙은 단어를 만나면 그 대상이 무엇이든 부정적인 뉘앙스가 따라오는 건 어쩔 수 없다. 안보에 심각한 위협을 가하는 적에게 본때를 보여주겠다고 큰소리를 치더니 좌표부터 틀렸다. 군사 시설도 정보 기지도 하다못해 방송국이나 지하철역도 아닌, 뜨개질 따위나 하는 곳에 미사일을 쏘겠다니. 수예 연구소를 굳이 뜨개질 연구소로 바꾼 대목에서 뜨개를 폄하하는 정서를 읽는 건 과장된 해석일까.

1700년대 말 외국인 선교사에 의해 처음 우리나라에 들어온 뜨개는 1800년대 말 천주교인을 중심으로 가정에 보급됐다고 한다.* 지금 우리가 쓰는 뜨개 용어 중에는 겉뜨기, 안뜨기, 메리야스뜨기처

럼 일본에서 건너온 것으로 짐작되는 용어와 가터뜨기, 사슬뜨기처럼 영미권에서 건너온 것으로 추정되는 용어가 섞여 있다. 일본의 뜨개 문화도 애초에 유럽에서 건너온 것이니 뜨개 용어는 기본적으로 서양에서 온 것이라 보는 편이 맞겠다. 내가 궁금한 것은 영어의 knitting, 일본어의 編み에는 없는 폄하의 뉘앙스가 어쩌다 우리의 뜨개에만 붙었는가 하는 점이다. 이게 나만 느끼는 유별난 감각이 아니라는 확신을 굳히게 된 건, 낚시질을 검색하고 나서였다.

포털에서 낚시질을 검색하면 어학사전에 이런 풀이가 나온다.

1. 인터넷에서 의도적으로 논쟁이 될 만한 글을 올리는 일을 일컫는 은어.

2. 제목만 관심을 끌 만한 글을 올려 사람들을 속이는 행위를 일컫는 은어.

강이나 바다에서 물고기를 잡는 행위를 일컫는 명사를 찾으려면 '질'을 뺀 낚시를 검색해야 한다. 생각해보자. '같이 낚시질하러 갈래?'라는 말을 들어본 적이 있는지. 낚시인들은 그들이 사랑하는 행

* 「(2) 우리나라의 편물」, 『편물』, 이순홍 지음, 수학사, 1997, 20쪽.

위에 더는 질을 붙이지 않는다.

니팅 카페에는 뜨개를 비하하는 분위기 때문에 서글프다는 글이 종종 올라온다. 이런 반응이 가장 두드러졌던 게 봉준호 감독의 영화 〈기생충〉이 개봉했을 때였다. 〈기생충〉에서 반지하에 사는 충숙이 저가형 코바늘로 수세미를 뜨는 장면을 지적하며 봉준호 감독이 뜨개 문화를 비하했다는 비판 글이 올라오기도 했는데 제법 많은 댓글이 달렸고, 댓글의 상당수가 이 글을 옹호했다. 나는 봉준호 감독이 뜨개 문화를 비하했다는 데에는 동의하지 않지만, 뜨개 문화를 비하하는 사회 분위기가 있다는 데에는 동의한다.

뜨개를 하지 않는 사람 중 일부는 이렇다 할 근거도 없이 뜨개를 궁상맞다고 말한다. "그렇게 안 생겼는데 뜨개를 하시네요"라는 말을 들었다며 뜨개하게 생긴 얼굴은 대체 어떤 얼굴이냐고 묻는 글을 본 적이 있다. 얼마 전에는 뜨개 에세이를 쓰는 중이라고 하니 감성 충만한 에세이일 거라 전제하고 말하는 사람을 만났다. 이것들이 편견인 이유는 말할 필요도 없을 것이다.

내가 강조하고 싶은 것은 한마디 말이 갖는 영향력이다. 입에서 나온 말은 귀로 날아와 머리로 흘러들어가고 가슴에 박힌다. 값비싼 실과 바늘로 온정성을 들여 뜨는데 궁상맞다는 말을 자꾸 들으면 자신도 모르게 자신이 하는 일을 비하하게 될 수도 있다. 그러다 종국에는 그 일을 하는 자신마저 깎아내리게 될지도. 세뇌 효과란 그런 것이 아닌가. 뜨개하게 생긴 얼굴이나 뜨개에 어울리는 글이 따로 있다는 편견도 뜨개인의 내면에 인지부조화를 부추긴다는 점에서 건강하지 못하기는 마찬가지다. 남에게 피해를 주는 행위가 아닌 이상 다른 사람이 하는 일을 폄하할 권리는 누구에게도 없다. 뜨개에 대한 세간의 시선은 바뀌어야 한다. 뜨개인을 위해서도 필요한 일이다.

다행히 뜨개에 관한 괜찮은 뉴스도 있다. 제목은 '800만 회원 뜨개질 사이트, 백인 우월주의 트럼프 지지 금지'(아쉽게 여기서도 뜨개는 '질'로 불린다). 전 세계 뜨개인이 가입해 활동하는 온라인 커뮤니티 중 '래블리'라는 사이트가 있는데, 사건의 발단은 한 니트 디자이너가 인도로 여행을 가면서 화성에 가는 것 같다는 내용의 글을 올린 것이었다. 래블리 회원들은 이 글을 두고 타자화라면서 외국에 대한 특징 부여에 반대하는 목소리를 높였다. 여기에 트럼프 지지자들이 Build the Wall이라고 적힌 모자나 Keep America Great라고 적힌 카울을 뜬 사진을 올리면서 논쟁은 걷잡을 수 없이 커져 사이트 내 트럼프 지지 금지 방침을 만드는 데까지 나아갔다고 한다.

이 일을 계기로 래블리는 언론의 주목을 받아 뜨개가 이토록 정치적인 행위일 수 있다는 사실을 전 미국인에게 각인시켰다. 현재 래블리의 회원 수는 900만 명을 넘어섰다. 누군가 '질'을 붙여 깎아내리려고 하는 그 행위를 통해 정치적 올바름을 실천하려는 이들도 있다. 관계 맺기의 시작은 호명이라고 했다. 니그로가 아니라 아프리칸 아메리칸, 벙어리장갑이 아니라 손모아장갑이라고 불러야 하는 이유가 있다. 그 이유에 공감한다면 이제부터라도 뜨개질에서 '질'을 뺐으면 한다. 뜨개인이 사랑해 마지않는 그 행위의 이름은 뜨개로도 충분하니까.

짐머만을 읽다

뜨개 책을 고르는 기준을 한마디로 말하기는 어렵다. 뜨개 하는 사람이라면 이런 책 한 권쯤 책장에 꽂혀 있어야지 하는 걸 사기도 하고(『보그 니팅』), 그냥 봐도 내 수준으로는 어림도 없겠다 싶지만 눈 호강하고 싶어서, 그리고 언젠가는 뜨개의 달인이 되어 이런 숄을 척척 떠내고 말겠다는 의지 표현의 수단으로 사기도 한다(『셔틀랜드 레이스』). 이따금 품절 대란 조짐이 보이는 책들은 별 관심이 없어도 일단 사고 보는데, 여름마다 나오는 『에코안다리아로 만드는 모자와 가방』 시리즈가 여기에 속한다. 코바늘에는 손이 잘 안 가는 편이라 사봤자 뜨지 않을 게 빤한데도 홈쇼핑 방송 종료 1분 전에 스마트폰을 찾는 심정으로 헐레벌떡 구매 버튼을 누른다. 거기에 샅샅이 훑어보는 건 아니지만 매호 소장해야 마음이 놓이는 해외 뜨개 잡지까지.

그중에서도 가장 많이 찾아보고 구매로 이어질 확률이 높은 책은 뜨개 에세이다. 에세이라기보다는 뜨개라는 행위에 관해 말하는 책이라고 해야 할까. 뜨는 기법을 담은 책은 많지만, 뜨개에 담긴 철학이나 뜨개인의 관점에서 보는 세상, 뜨개 하는 사람을 다룬 책을 우리나라에서는 도무지 찾기 어려워 해외 원서를 보는 수밖에 없는데, 기대감에 주문해놓고도 막상 받아보면 한국어 책만큼 술술 읽히지 않는다. 오늘은 좀 읽어볼까 하고 마음을 먹어야 몇 장 읽을 수 있다. 언젠가는 읽겠지 하며 차일피일 미루기를 몇 달째. 결국 인스타그램을 이용하기로 했다. 하루에 읽을 분량을 정해놓고 그날 읽은 부분 중 마음에 남는 문장을 번역해 인스타그램에 올린다면 독서 기록도 되고 꾸준히 읽어야 할 명분도 생기고 나쁘지 않을 것 같았다. 그렇다면 어디 보자, 첫 번째 책으로 뭘 읽을까. 고민은 오래가지 않았다. 뜨개라는 행위에 관해 말하는 책을 읽는 것이 일종의 철학 공부라면, 내 첫 번째 뜨개 철학 선생님은 단연 엘리자베스 짐머만이어야 했다.

짐머만의 존재를 안 것은 니팅 카페에 가입하고 얼마 지나지 않아서였다. "엘리자베스 짐머만 탄생 100주년 기념 숄"이라는 길고도 거창한 제목의 글을 클릭하니 그러데이션 모헤어 실로 뜬 숄이 나왔다. 세밀한 무늬가 들어간 둥근 원형 숄은 정말이지 근사했다. 하지만 숄을 뜬 방법과 실에 대한 이야기만 있을 뿐 엘리자베스 짐머만이 누구인지 그를 왜 기념해야 하는지는 나와 있지 않았다. 얼마나 중요한 인물이기에 당사자는 존재를 알 턱이 없는 대한민국의 온라인 카페에서마저 그의 탄생 100주년을 기념해 숄을 뜬단 말인가. 검색에 들어갔다.

일단 탄생 100주년 숄이 탄생한 경위는 이랬다. 뜨개 발전에 지대한 공헌을 한 엘리자베스 짐머만을 기리기 위해 그가 태어난 지 100주년이 되는 해인 2010년에 그의 팬들이 헌정 숄 뜨기 캠페인을 연 것이다. 짐머만 헌정 숄은 총 여섯 가지인데, 그중 내가 본 숄은 짐머만의 저서인 『뜨개인의 열두 달(Knitter's Almanac)』에 실린 파이 숄을 바탕으로 한 것이었다. 파이 숄에는 세 가지 디자인이 있고, 각 숄의 단수를 짐머만의 생일에 맞춰 각각 8단, 9단, 10단으로 조정한 것이라고. (짐머만의 생일은1910년 8월 9일이고 미국식 영어로 표기하면 8/9/10이 된다.)

엘리자베스 짐머만은 어떤 인물일까. 1910년 영국 태생인 그는 독일인 남편과 결혼해 1937년에 미국으로 건너간 뒤 위스콘신에 있는 낡은 학교를 개조한 집에서 생활했다. 50년대 중반에 그곳에 스쿨하우스 프레스라는 회사를 세워 당시에는 귀했던 순모 실과 줄바늘을 판매하기 시작했다. (짐머만이 줄바늘을 발명한 것 같지는 않다. 그가 태어난 해에 이미 줄바늘을 광고하는 회사가 있었다.) 뉴스레터를 발행해 독창적이고 재치 있는 뜨개 철학과 도안을 공유했고, 매년 뜨개 캠프를 열었으며, PBS 방송국의 텔레비전 시리즈에 출연해 뜨개를 강의했다. 그때의 영상이 유튜브에 남아 있는데, 뜨개에 관한 정형화된 이미지, 그러니까 의자에 앉아 안경을 코에 걸치고 실과 바늘을 움직이는 할머니의 이미지를 만든 사람은 혹시 짐머만이 아닐까 잠시 생각했다. 1971년에 첫 저서로 『눈물 없는 뜨개』를 출간했고 이후에 쓴 네 권의 책은 50년이 지난 지금까지도 전 세계 뜨개인의 사랑을 받고 있다. 1999년에 세상을 떠난 짐머만을 대신해 지금은 딸 멕 스완슨과 그의 가족이 스쿨하우스 프레스를 운영 중이다.

시접을 잇지 않아도 되는 톱다운 스웨터와 아이코드를 고안한 사람이 엘리자베스 짐머만이라고 하면 뜨개를 시작한 지 얼마 되지 않은 사람도 고개를 끄덕일 것이다. 아이코드(i-cord)의 i가 idiot(바보)의 약자라는 사실을 나는 최근에야 알았다. 짐머만은 막대 바늘로 뜨개를 하다 우연히 얇은 끈 모양으로 나오는 아이코드를 발견하고는 그 이름을 바보 끈(idiot cord)이라고 지었다. 엘리자베스 코드나 짐머만 코드처럼 자신의 업적을 알릴 수 있는 이름도 많았을 텐데 하고많은 이름 중에 바보 끈이라니. 그가 아이코드 뜨는 법을 발견한 순간의 장면이 머릿속에 그려지는 것만 같다. 이것 좀 봐. 뜨다 보니 끈이 나왔어. 하하하, 너무 쉬워서 아무리 바보라도 뜰 수 있을 거야. 그럼 바보 끈이라고 부를까. 하하하.

그가 고안한 EPS(Elizabeth Percent System)는 가슴둘레에 여유분을 준 키넘버만으로 내 몸에 맞는 스웨터를 만드는 방법인데, 각 부위의 치수를 일일이 재야 하는 수고를 덜어주는 획기적인 공식이다. EPS는 뜨개계의 혁명이라 불리며 지금까지도 많은 뜨개인이 사용하고, 나 역시 톱다운 심리스 스웨터를 뜰 때는 이 공식으로 사이즈를 계산한다. 계산기를 두드리기는 게 귀찮은 나는 EPS를 활용한 계산법을 엑셀 함수로 만들어 인스타그램 프로필에 공개했는데, 이따금 익명의 사용자가 자신의 콧수와 단수, 키넘버를 입력한 흔적을 볼 때마다 다능인으로서의 내 능력이 유용하게 쓰이는 것 같아 뿌듯해지고는 한다.

내가 처음으로 읽은 짐머만의 책은 『눈물 없는 뜨개』다. '모든 사이즈에 맞는 옷을 뜨기 위한 기본 기법과 쉬운 지침'이라는 부제가 말해주듯 이 책은 짐머만이 쓴 뜨개 개론서라고 보면 된다. 사실 기법보다는 짐머만의 뜨개 철학이 알고 싶어 이 책을 골랐는데, 첫 장을 읽는 순간 그의 팬이 되고 말았다. 그의 글은 이렇게 시작한다.

1장. 소신 있는 뜨개인

그 앞에 서면 사로잡히고 마는 것이 누구에게나 하나씩 있다. 내게는 뜨개가 그렇다.

조소 작품이나 무언가를 새긴 것을 보면 내 머릿속에는 아란이나 다른 무늬를 넣은 디자인이 떠오른다. 아름다운 그림을 보면 이걸 어떻게 배색해 뜰 수 있을까 생각한다. 새로운 패션 디자인을 보면 뜨개로 뜰 수 있을지 허공에 손가락으로 패턴을 그려본다. 뜰 수 있겠다 싶으면 결이 어느 방향으로 진행되어야 하는지, 옷선을 잘 살릴 수 있을지, 어떤 뜨개 기법이 가장 효과적일지 생각한다.

그러니 소신 있고 까칠하고 때로는 고약하기까지 한 내 태도를 부디 참아 주기를. 나는 뜨개에 관해서는 무척이나 예민한 사람이다.*

뜨개에 관한 열정을 이보다 잘 표현한 글을 나는 아직 찾지 못했다. 짐머만에게 생각만 해도 좋은 한 가지는 단연 뜨개였다. 그가 2000년대에 한국에 살았다면, 나는 감히 숟가락을 얹을 생각조차 못했을

* 「1장. 소신 있는 뜨개인」, 『눈물 없는 뜨개』, 엘리자베스 짐머만 지음, 서라미 옮김, 윌스타일, 2022, 21쪽.

것이다. 그가 남긴 글을 이제라도 읽을 수 있어 감사할 따름이다. 그의 글에는 뜨개 하는 사람의 마음과 표정이 오롯이 담겨 있다. 재치 있고 따뜻하고 짓궂고 그러면서도 세상 모든 뜨개인에 대한 뭉근한 존경심이 배어 있다. 찬란한 현자의 지혜여. 그의 주옥같은 글 중 내가 좋아하는 문장은 이런 것들이다.

> 뜨개에는 옳은 방법도 틀린 방법도 없다. 좋은 뜨개 방법이란 곧 내게 맞는 방법이다. 실과 어울리고 무늬와 어울리며 여러분이 뜨려는 모양을 잘 살려주는 뜨개 법이다.*

> 여러분이 내 도안을 그대로 뜬다면 내 노력이 실패한 것이다. 도안은 그저 가이드일 뿐이니 스스로 디자이너가 되어라. 세상에 똑같이 뜨고 똑같이 보고 똑같이 생각하는 사람은 없다. 그런데 어떻게 똑같은 결과물이 나올 수 있겠는가. 여러분의 스웨터는 오로지 여러분이 가장 좋아하는, 개성 있는 레시피로 만들어져야 한다. 누구의 것과도 비슷하지 않게. 모든 좋은 것들이 그런 것처럼.**

* 「3장. 배색 스키 스웨터」, 같은 책, 106쪽.

뜨개를 아주 많이 해본 사람이 아니라면, 혹은 힘들게 뜬 작품이 줄어들거나 색이 바래거나 닳아도 괜찮은 사람이 아니라면 저렴한 실을 찾아 헤매는 일은 현명하지 못하다. 좋은 마음과 좋은 실로 정성 들여 만든 스웨터에는 값을 매길 수 없다. 왜 재료에 돈을 아끼려고 하는가.***

두 번째로 고른 짐머만의 책은 『뜨개인의 열두 달』이었다. 짐머만은 첫 책인 『눈물 없는 뜨개』에 미처 담지 못한 생각을 나누고 싶어 두 번째 책을 쓰게 됐다고 밝혔는데, 이 책에서 가장 중요한 단어 하나를 꼽으라고 한다면 단연 unvent일 것이다. 사전에 unvent를 검색하면 'invent로 검색하시겠습니까?'라고 나올 뿐 검색 결과를 보여주지 않는다. unvent는 짐머만이 만든 단어이기 때문이다. 그는 자신이 고안한 모든 것은 누군가 이미 만들어 쓰고 있지만 아직 세상에 알려지지 않았을 뿐이라고 생각했다. 또 자신이 고안한 모든 것은 처음부터 끝까지 자신의 힘으로만 만든 게 아니라 누군가에게서 얻은 아이디어를 토

** 「1장. 소신 있는 뜨개인」, 같은 책, 94쪽.

*** 「1장. 소신 있는 뜨개인」, 같은 책, 25쪽.

대로 만든 것임을 밝히는 데에 주저하지 않았다. 하늘 아래 새로운 뜨개 법을 발명(invent)하는 것은 불가능하고 그러므로 발명할 수 없는 무언가를 만들(unvent) 수 있을 뿐이라는 것이 짐머만의 뜨개 철학이었다.

하지만 발명할 수 없는 것을 만들었다(unvented)고 하면 어떤가. 아! 어떤 영원불변의 정신이 제아무리 깊은 곳으로 자취를 감추어도 누군가는 거기서 영감을 받아 무언가를 만들고 발굴하고 파고들고 찾아낸다. 바늘과 실이라는, 선사시대부터 존재했던 도구를 사용해 무언가를 만드는 과정에 정말로 새로운 것이 있을 수 있는지 나는 몹시 의심스럽다. 과학기술의 산물 중에는 새것이 있을 수 있고, 그중에는 제법 끔찍한 것도 있지만 뜨개는? 뜨개에는 영겁의 세월을 거치며 쌓여온 가능성이 담겨 있다. 지구는 실과 바늘을 쥔 수백만 명의 뜨개인이 일으킨 먼지로 풍요로워졌다. 심리스 스웨터와 가로 단춧구멍, 매끈한 밑단과 가짜 솔기까지. 인류 역사에서 이런 것들이 발견되지 않거나 떠지지 않은 채 남아 있는 일은 상상할 수 없다. 누군가는 손가락에도 기억력이 있다고 믿는다. 아직 개발되지 않은, 여전히 생생한 기억력이.*

만들기는 만들었지만 자신이 처음 만들었는지 확신할 수 없으므로 발명이라고 부를 수는 없다는, 겸손하고도 신중한 그의 성품이 unvent라는 단어에서 드러난다. 이것과 일맥상통하는 일화를 『눈물 없는 뜨개』에서 읽은 적이 있다.

다른 동네에서 온 생면부지의 두 여인에게 늘 감사한다. 어느 날 우연히 수예점에 들른 그들은 다른 여성들과 마찬가지로 내가 뜬 스웨터를 보고 감탄하더니 내 스웨터의 겨드랑이를 살펴보고는 "이은 건가?"라고 중얼거리고는 떠났다. 잘 됐다, 그들은 내 스웨터를 따라 뜰 것이고 나는 그들이 던져준 잇기라는 아이디어를 채택할 것이다. 이것은 풍부한 기지를 발휘한 것일까 아니면 그저 표절일까? 어쨌든 나는 스웨터 겨드랑이에 잇기 기법을 넣었고, 덕분에 심리스 스웨터가 탄생했다. 겨드랑이에 있는 자국도 솔기로 친다면 솔기가 전혀 없는 스웨터라고 할 수는

* "July. A Shawl:Good Travel-Knitting. Bonus: One Row Buttonhole," Knitter's Almanac, Dover, 1981, 52쪽.

없겠지만. 그럼에도 정말이지 마법 같아서 이것까지 솔기라고 부를 수는 없을 것이다. 잇기 기법은 너무나 감쪽같아서 거의 속임수라고 불러도 될 정도다.*

천하의 짐머만도 심리스 스웨터를 디자인할 때 1부터 10까지 자기 힘으로만 고안한 건 아니었던 모양이다. 사실 짐머만 정도의 명성이라면 이런 에피소드를 굳이 밝히지 않아도 심리스 스웨터가 짐머만 고유의 아이디어인지 아닌지 의심하는 사람은 없었으리라. 그런데도 그는 돗바늘 마무리라는 아이디어를 생면부지의 두 여인에게 얻었다고 부러 밝히고 있다. 짐머만의 닮고 싶은 점이 많지만, 이런 인격적인 면모를 가장 닮고 싶다.

존재나 자취만으로도 본보기가 되는 사람이 있다. 내게는 짐머만이 그렇다. 짐머만의 뜨개 철학이 뭐냐고 묻는다면 나는 이렇게 요약하고 싶다. 뜨개란 고난도의 기술이 필요한 행위가 아니라 실과 바늘과 마음만 있으면 누구나 할 수 있는 행위라는 만인 뜨개 가능설, 뜨개에는 옳은 방법도 틀린 방법도 없고 자신에게 맞는 방법만 있을 뿐이라는 열린 뜨개설, 마

* 「4장. 심리스 스웨터」, 『눈물 없는 뜨개』, 128쪽.

지막으로 뜨개에 완전히 새로운 것은 존재할 수 없고 그러므로 누구나 앞선 뜨개인에게 영감을 받아 자신의 개성과 필요를 담은 작품을 만들어야 한다는 영감 뜨개설.

짐머만은 뜨개에서 무엇을 봤을까. 무언가를 좋아해온 시간이 좋아하는 정도와 비례하는 것은 아니고, 무언가에 관한 책을 쓰려면 얼마만큼은 알아야 한다는 기준이 있는 것도 아니지만, 뜨개에 관한 글을 쓰는 행운이 내게 주어졌다는 사실을 실감할 때마다 내 앞의 무수한 뜨개인에게 부끄러워진다. 오랫동안 뜨개를 해온 사람에게 뜨개에서 무엇을 얻었는지 묻는다면 그는 뭐라고 대답할까. 그는 아마 훌륭한 뜨개 실력과 마음의 평화를 얻었을 수 있고, 그것을 통해 좋은 인간관계를 맺고 사업적으로 성공했을 수도 있다. 하지만 그보다는 뜨개를 하는 것이 당연하고 좋을 뿐이라고 말하지 않을까. 실에 파묻혀 뜨개를 하는 시간이 좋다고. 뜨개 말고 다른 것은 생각해본 적이 없다고. 왜 에베레스트에 올랐느냐는 질문에 "산이 거기에 있었기에"라고 대답한 조지 말로리처럼 그저 '실과 바늘이 있었기에'라고 말할지도 모른다. 햇빛에도 바람에도 부력에도 구애받지 않는 심해에서 오랜 시간 무심히 뜨개를 해온 그들에 비하면 내 뜨개 예찬은 수면 위에서 부서지고 흔들리며 온갖 소리를 내는 파도 같은 것이 아닐까.

그나저나 짐머만의 책은 왜 번역되지 않을까.* 우리나라야 뜨개 시장이 과소평가되어 그렇다 쳐도, 뜨개 인구가 천만 명이 넘는다는 일본에서조차 번역되어 나오지 않은 것은 이상하다.

* 이 문장을 쓰면서 이런 생각을 했었다. '『아무튼, 뜨개』가 출간된 뒤에도 짐머만의 책이 번역되어 나오지 않는다면 내가 도전해 봐야지.' 행인지 불행인지 출간 후 몇 개월이 지나도록 짐머만의 책이 번역된다는 소식은 들려오지 않던 차, 알고 지내던 편집자가 『아무튼, 뜨개』를 재미있게 읽었다는 안부를 전해 왔고, 나는 그에게 덥석 짐머만의 책을 소개했다. 그리고 2022년 5월, 드디어 엘리자베스 짐머만의 『눈물 없는 뜨개』가 한국어로 번역 출간됐다. 짐머만의 다른 책들도 속속 한국 독자들을 만날 예정이다.

지코지기면 백전백승

또 풀었다. 처음 써보는 리넨 실로 여름 풀오버를 밑단에서 겨드랑이까지 떴건만 코줄임 부분에서 뭘 잘못했는지 도안과 콧수가 안 맞았다. 이것으로 열흘 넘게 잡고 있던 리넨 풀오버는 유에서 무로 돌아가고 말았다. 벌써 네 번째다. 큰맘 먹고 시작한 아란 스웨터도, 봄부터 잡고 있던 모헤어 스웨터도, 작다고 얕잡아 봤던 꽈배기 양말도 모두 무로 돌아갔다. 설마 이건 완성할 수 있겠지 하고 시작했던 단순하기 그지없는 여름 스웨터마저 풀고 나니 다시 바늘을 잡을 엄두가 나지 않았다. 또 풀어야 하면 어쩌나. 마지막으로 완성작을 낸 게 두 달 전이었다. 그 뒤로 뜨고 풀기만 반복하고 있었다. 혹시 이런 게 뜨태기인가.

예상과 달리 자꾸만 엇나가는 스웨터들을 보며 외로워졌다. 신나게 뜰 때는 이런 기분이 들지 않았다. 미완성 작품이 늘수록, 풀고 다시 감은 실이 많아질수록 점점 외로워졌다. 뜨개 친구의 부재를 탓하며 여기저기에 '뜨개 친구 구합니다'를 외치고 다녔다. 뜨개 수업을 제대로 안 들어서 그럴 거라며 뜨개 수업을 찾아 헤맸다. 그러다 예전에 수업을 같이 들었던 뜨개 선배와 모처럼 안부를 주고받았다. 그리고 내 뜨개의 문제점을 깨달았다. 선배가 지적이

나 충고를 한 건 아니었다. 그저 각자의 안부를 주고받다 같이 수업을 들었을 때 그의 모습이 어땠는지 떠올랐을 뿐이다. 내 기억에 그는 손이 빨랐고, 그래서 내가 미처 뜨지 못한 부분을 이미 떠 와서 선생님께 질문했다. 질문 내용까지는 기억이 나지 않지만, 그걸 듣고 느꼈던 감정은 생생하게 떠올랐다. '와, 정확하게 물어보시네.' 그는 자신이 뜬 것이 도안과 어떻게 다른지 정확하게 알고 질문했다. 자신처럼 떴을 경우 다음 순서는 어떻게 되는지를 물었다. 그의 질문을 듣고 왜 그렇게 감탄했었는지 그때는 몰랐다. 그저 똑 부러지게 질문하는 모습이 멋있다고만 생각했다. 이제야 알았다. 나는 내가 뜬 걸 알아보지 못하는 사람이었기 때문이다.

이게 무슨 소리일까. 내 손으로 뜬 걸 알아보지 못하다니. 지피지기면 백전백승이라는 말을 들을 때마다, 나는 지피보다 지기가 앞에 와야 하지 않을까 생각한다. 남을 알기 위해 노력하는 사람은 많지만, 자신을 알기 위해 노력하는 사람은 드물다. 요즘 내가 닮고 싶은 사람은 자신을 아는 사람이다. 자신이 할 수 있는 일이 무엇인지 알고 거기에 충실한 사람, 한계를 넘으려 욕심 부리는 대신 자연스러움을 택하는 사람. 『모든 것이 되는 법』의 저자 에밀리 와프닉

이 그렇고, 뜨개계의 대모 엘리자베스 짐머만이 그렇다. 이 험난한 세상, 내가 딛고 선 땅이 어디이고 내가 할 수 있는 일이 뭔지 알아도 잘 살기 힘든데, 남의 장단점만 열심히 안들 무슨 의미가 있을까. 그래서 너는 자신을 그렇게 잘 아느냐 묻는다면 10여 년 전, 첫 회사 생활을 시작했던 때를 떠올린다. 그때에 비하면 지금은 나를 제법 들여다볼 줄 아는 사람이 된 것 같다.

학교를 졸업하고 처음으로 회사 생활을 시작하는 누구나가 그렇듯 나 역시 고된 하루하루를 보낸 기억이 있다. 내가 다녔던 첫 회사에서는 성실함이 중요하지 않았다. 윽박지르는 사람은 있고 가르쳐주는 사람은 없었다. 누구도 알려준 적 없는 눈치라는 건 어디에서 배워야 하는지, 타파해야 한다고 배웠던 권위와 위계는 왜 그렇게 중요한 건지. 급기야 상사에게 "여기가 학교인 줄 알아?"라는 호통을 듣고 첫 회사를 나왔다. 뭔가를 잘못했다는 건 알았지만 그게 뭔지, 어떻게 해야 했는지는 알 수 없었다. 이직을 해도 같은 상황이 반복될까봐 두려웠다. 하지만 그런 곳은 거기뿐이었다. 다행히 그 이후에 다닌 회사들은 첫 회사에 비하면 천국이었다.

물론, 이후에 다닌 회사에서도 야근을 하거나

일이 몰릴 때는 힘들었지만 적어도 존중받으며 회사 생활에 적응하고 나니 대체 첫 회사에서는 왜 그렇게 힘들었던 건지 이따금 궁금해질 때가 있었다. 거의 모든 직원이 경력직이었던 그 회사에 신입인 내가 입사할 수 있었던 건 순전히 면접을 잘 봤기 때문이었는데, 그게 패착이었다. 짧게는 1~2년 길게는 4~5년간 다른 회사에서 온갖 프로젝트를 경험하고 온 사람들만 있는 그곳에서 내게 걸음마부터 가르쳐 줄 사람은 없었다. 상사가 나를 왜 뽑았는지 지금도 이해할 수 없지만 어쨌든 이게 그 회사에 적응하지 못한 외부적 원인이라면, 내부적 원인은 내가 나를 몰랐다는 사실이다.

내 학창 시절을 회상할 때마다 엄마는 나를 칭찬만 받아본 아이라고 표현한다. 초, 중, 고, 대학교를 거치면서 만나본 거의 모든 선생님에게 나는 성실한 모범생이었다. 난생처음 알력이라는 걸 경험해 본 대학원 때는 좀 달랐지만, 어쨌든 그때까지의 삶에서 늘 착한 모범생이었던 나는 장소나 상황이 바뀐다 해도 내게 모범생이 아닌 다른 캐릭터를 부여할 수는 없을 거라고 자만하고 있었다. 그러다 첫 회사에서 생각지도 못하게 앞뒤 모르는 맹한 아이 캐릭터를 갖게 됐다. 그곳에서는 내가 과거에 어떤 평가를 받아왔는지가 중요하지 않았다. 무언가를 가르쳐줘야 한다는 사실 자체로 맹한 아이였다. 그런 평가에서 벗어나려면 아무것도 모른다는 사실을 인정하고 받아들였어야 했다. 무릎이라도 꿇고 머리를 조아리며 '부디 한 수 가르쳐주십시오' 해야 했다. 하지만 그때 내 심정은 당황과 억울뿐이었다.

'왜 맹하다는 거지? 가르쳐주기나 하고 말해, 맹한지 아닌지.'

과거에 그래왔다는 이유로 처음 들어간 회사에서도 모범생으로 불려야 마땅하다고 생각했던 내 모습은 지금 생각하면 어리석고 우습기 짝이 없지만, 그때는 달리 생각하지 못했다. 내 캐릭터는 모범생 하나라고 생각했으니까. 나를 몰라도 너무 몰랐다.

뜨개 선배와 대화하며 난데없이 첫 회사에서의 쓰라린 기억이 떠오른 이유가 있다. 지금의 나는 혹시 첫 회사에 다닐 때의 나처럼 나를 모르고 있는 건 아닌지. 아직 걸음마도 떼지 못한 처지에 실력을 돌아볼 생각은 안 하고 도안 좀 볼 줄 알게 됐다는 이유로 덜컥 근사해 보이는 작품에 도전했던 건 아니었는지. 그러고서는 뜨개 친구가 없어서라느니 뜨개 수업을 안 들어서라느니 핑계만 찾았던 건 아닌지.

여러 차례 뜨고 풀기를 반복한 데에는 이유가

있었다. 7단마다 한 번씩 꼬아야 하는 꽈배기 무늬를 떴는데, 뜨고 보니 어떤 꽈배기는 길고 어떤 꽈배기는 짧았다. 그렇게 나올 무늬가 아니었다. 잘못 떠진 단만 풀고 수정할 수 있었더라면 뜨던 걸 다 풀지 않아도 됐을 터였다. 그러지 못한 이유는 꽈배기의 몇 단까지 떴는지를 편물 상에서 알아볼 수 없었기 때문이었다. 겉뜨기 코를 알아보는 문제라면 쉬웠다. 하지만 꽈배기는 달랐다. 꽈배기 무늬의 1단을 어디로 봐야 할지부터가 막막했다. 꼬임 안쪽에 숨은 단이 1단인지, 아니면 그 윗단이 1단인지. 꽈배기만 해도 이런데 하물며 코줄임 한 단을 수정하는 건 해보나 마나 못 고칠 게 빤했다. 코를 알아보지도 못하는데 고치는 게 웬 말인가. 수정은 엄두도 내지 못한 채 씩씩거리며 실을 풀어낼 뿐이었다.

스테파니 펄 맥피는 완벽함에 구애받지 않는 뜨개인에 대해 이렇게 썼다.

> 무엇을 어떻게 뜨든 늘 행복하고 편안하고 자기가 뜬 것을 있는 그대로 받아들이는 뜨개인이 있다(고 들었다). 이들은 뜨던 손 염색실의 염색 상태가 고르지 않아서 완성한 스웨터의 오른쪽 가슴만 파랗게 물들어 있어도 그저 가만히 웃으며 아무렇게나

염색된 실과 아무렇게나 완성된 스웨터를 받아들인다고 한다. 버블 스티치가 들어간 도안에 오류가 있어서 버블의 배치가 들쑥날쑥해도 이 편안한 뜨개인은 웬만해서는 풀지 않는다고 한다. 이런 뜨개인들은 뜨는 행위 자체를 즐긴다. 이들에게는 완벽한 스웨터를 완성하거나 세상에 존재하는 모든 뜨개 기법을 마스터하겠다는 목표가 없다. 행여 약간은 있다 해도, 그 과정 중에 눈물을 머금고 푸는 일은 좀처럼 없다. 이런 뜨개인들은 그저 편안한 마음으로 뜨개를 즐기며 어떤 작품을 완성하든 기뻐한다.*

나는 마음 편한 뜨개인인 줄 알았다. 기계가 뜬 것처럼 완벽하고 매끄러운 편물을 뜨는 게 목표라면 매장에 가서 사 입지 무엇 하러 힘들게 뜨개를 하느냐고 생각했다. 그래서 웬만한 실수는 넘어갔고, 못 입을 정도가 아니면 풀지 않았다. 이제야 생각한다. 혹시 틀리고도 틀린 줄을 몰랐던 게 아닐까. 또는 고칠 수 없다는 걸 알고 일부러 모른 체했던 때도 있지 않았나. 그러면서 완벽해지고 싶지 않다고 자기합리

* "the 5th thing, Don't worry, be happy," *Things I Learned from Knitting*, Storey Publishing, 2008, 아마존 킨들 1.29버전.

화를 했던 게 아닐까. 완벽한 뜨개를 지향하는 사람은 강박적인 사람이 아니라 자신의 의도와 최대한 가까운 편물을 완성하려 애쓰는 사람이었다. 그들이 뜨던 편물을 과감히 풀 수 있는 이유는 틀린 부분이 어디인지 정확히 짚어내어 수정할 수 있기 때문이었다는 걸 이제야 깨달았다.

내가 뜬 코를 알아보는 것은 뜨개의 핵심인지도 모른다. 코를 알아보지 못하면 뜨다 틀려도 내 실수를 만회할 길이 없다. 만회하지 못할 실수를 저질렀을 때는 모든 것을 원점으로 돌리고 다시 시작해야 한다. 그런 경험이 반복되면 좌절감이 쌓이고 결국 뜨개를 포기할 수도 있다. 그건 말하자면, 넘어졌을 때 다시 일어나는 법을 모르는 것과 같다. 행복한 사람은 한 번도 넘어지지 않은 사람이 아니라 많이 넘어지고 많이 일어나본 사람이라는 사실을 깨달은 건 서른이 넘어서였다.

완벽하게 뜨는 게 목표가 아니라고 말했지만, 사실은 나도 틀리고 싶지 않았던 것이다. 완벽하게 뜬 것처럼 보이고 싶었던 것이다. 그래서 걸음마도 떼기 전에 근사한 디자인부터 찾고 덥석 바늘을 쥐었던 것 같다. 또 한번 맹한 사람이 될 뻔했다. 이제부터라도 뜨개를 제대로 공부해볼 생각이다. 섣부른

욕심에 예쁜 도안을 보면 덜컥 코잡기부터 하던 습관을 버리고, 공부하는 심정으로 뜨개의 기초부터 닦아볼 생각이다. 코를 알고 나를 알게 될 때까지. 지코지기면 백전백승이라. 아무것도 모르는 나로 돌아가 걸음마부터 다시 배울 생각이다.

예전에 직장 상사가 이런 말을 한 적이 있다.

"로또에 당첨된 사람들의 특징이 뭔 줄 알아? 로또를 샀다는 거야."

뜨개를 잘하는 사람들의 특징은 뜨개를 계속했다는 것이리라. 반복되는 풀기에 지친 심경을 토로한 내 인스타그램에 뜨개 선생님이 이런 댓글을 달았다. 자신에게도 자꾸 틀리고 헤매던 기법이 있었는데 시간이 지나니 영화에서처럼 일순 안개가 걷히듯 술술 떠졌다고 했다. 맞다. 나도 그런 경험이 있다. 그러니 부지런히 걷자. 멈추지 않으면 기어이 닿을 그곳을 향해. '존버'는 뜨개에서도 진리다.

뜨개 하는 남자들

남편과는 어느 해 3월에 처음 만나 연애를 하다 이듬해 4월에 결혼식을 올렸다. 사귀던 기간 거의 하루도 빠짐없이 만났는데, 매일 만나 무슨 할 일이 그리 많았는지 지금 생각하면 놀랍기만 하다. 카페에 나란히 앉아 책을 읽다 배가 고파지면 밥을 먹고 개봉 영화를 보러 극장에 갔다. 새로 생긴 공원이나 봐뒀던 산책로를 걷기도 했고, 실없이 거리 축제를 찾아다니기도 했다. 혼자 있는 걸 좋아하던 내게 같이 있어도 계속 같이 있고 싶은 사람이 나타났다는 사실이 마냥 신기했다.

그런 나였지만 남편에게 한 가지 불만이 있었다. 남편은 길치에 방향치였고 공간 지각 능력도 썩 훌륭하지 않았는데, 이 모든 단점이 한꺼번에 표출되는 행위가 있었으니 바로 운전이었다. 내비게이션이 300미터 앞에서 좌회전하라고 안내하면 남편은 바로 앞에 보이는 교차로에서 좌회전했고, 한남대교로 빠지는 램프를 타지 못해 청담대교까지 간 적도 있었다. 바로 오른편에 주차장 입구를 두고도 우회전 타이밍을 놓쳐 한 블록을 빙 돌아 주차장에 진입하는 건 다반사였다. 아빠의 운전 실력을 새삼 깨닫게 해준 남편에게 고마워할 수도 있었겠지만, 하필 내 특기가 멀미였던지라 아빠였다면 들어가도 한

참 전에 들어갔을 주차장 입구를 또 지나치는 남편을 보며 속으로 이렇게 생각할 뿐이었다.

'내가 운전면허를 따고 만다.'

하지만 잔뜩 긴장한 얼굴로 백미러와 사이드미러를 번갈아 보며 쩔쩔매는 남편이 안쓰러워 차마 소리 내어 말하지는 못했다. 그저 마른침을 삼키며 영화 〈사운드 오브 뮤직〉에 나오는 알프스 언덕을 달리는 나를 상상할 뿐이었다.

주차할 때는 조금 더 힘들었다. 평소에도 유난한 남편의 조심성은 주차할 때 극대화돼서 차가 완전히 멈추기까지는 아주 긴 시간이 필요했다. 다 왔다 싶어 차에서 내리려던 나는 다시 필사적으로 위를 틀어막아야 했다. 방금 먹은 메뉴를 주차장 바닥에 토해낼 수는 없었다. 하지만 기다리고 선 차가 질끈 눈 감은 내 얼굴 위로 전조등 빛을 쏘았을 때, 나는 폭발하고 말았다.

"빨리 좀 해!"

그때 남편이 뭐라고 말했는지는 기억이 나지 않는다. 기억이 안 나는 걸로 봐서 싸우지는 않았던 것 같다. 하지만 결혼한 뒤로도 남편의 운전 실력은 나아지지 않았고, 그로부터 2년 뒤에 주차 문제로 크게 다툰 우리는 결국 차를 팔았다.

그 뒤로도 한동안 차가 없는 상황을 빌려 남편의 운전 실력을 원망했다. 이렇게 좋은 날 차가 있었다면 어디든 놀러 갔을 텐데. 차가 있었다면 엄마 집에서 김치를 가져오기도 편했을 텐데. 내가 면허를 딸까 생각을 안 해본 건 아니지만 진지한 적은 없었다. 내 다능인 레이더에 운전이 걸린 적은 없었기 때문이다. 그러다 문득 남편이 운전에 서툰 이유가 궁금해졌다. 아마도 남자의 뇌는 어떻고 여자의 뇌는 어떻다던 다큐멘터리를 본 뒤였던 것 같다. 길눈이 밝고 운전을 잘하는 게 남성의 진화인류학적 특징이라면, 대체 이 남자는 왜?

그러고 보면 남편은 운전에는 서툴지만 누구보다 공감 능력이 뛰어난 사람이었다. 웬만한 심리학 책에서 소통을 잘하려면 이렇게 해야 한다고 제시하는 방법을 남편은 처음 만날 때부터 체화하고 있었다. 핵심을 놓치지 않으면서도 상대방의 기분을 배려해 말할 줄 알았고, 무엇보다 말하는 걸 좋아했다. 함께 저녁 식사를 하며 그날 있었던 일을 이야기한 뒤에도 아침이 되면 간밤에 본 뉴스나 재미있는 이야기, 문득 떠오른 추억을 쉴 새 없이 말하는 사람이었다. 적어도 우리 부부에게만큼은 과묵한 남편과 자상한 아내라는 이미지가 바뀌어 있었다. 남편은 길을 못 찾고 왼쪽과 오른쪽을 늘 헷갈리지만, 공감할 줄 알고 말하기를 좋아한다. 나는 처음 방문한 여행지에서도 원하는 목적지를 한번에 찾아가지만, 말하는 걸 피곤해하고 두괄식을 선호한다. 남자도 운전을 못 할 수 있고 여자도 말하는 걸 싫어할 수 있다. 당연한 사실이다. 성 역할은 만들어진 것이고 남성과 여성을 동등하게 대우해야 한다는 사실을 이제는 누구나 안다. 나만 해도 초등학교 때부터 남녀는 평등하다 배웠지만, 그럼에도 운전에 서툰 남편을 의아하게 생각했다. 사회에는 여성뿐 아니라 남성에 대한 성 편견도 상당히 존재하고 그것이 모두에게 얼마나 해로운지 안 뒤, 나는 이런 생각을 바꾸려 더 노력하게 됐다.

미국의 정신의학자인 제임스 길리건은 매사추세츠주 교도소 수감자를 대상으로 폭력에 관한 연구를 했다. 우리가 아는 대로 살인, 강간, 폭행 같은 강력범죄의 가해자 대부분이 남성이다. 저자에 따르면 이들에게 폭력을 촉발한 동기는 모멸감인데, 이 부분에서 내가 의아하게 생각한 점은 여성은 극심한 모멸감을 느끼는 상황에서도 그것을 강력범죄로 표출하는 사례가 극히 적다는 사실이다. 남녀 할 것 없이 모두가 살기 힘든 세상에서 유독 남성만 모멸감을 강력범죄로 표출하는 이유는 뭘까. 제임스 길리건은 그 해답을 가부장적인 문화에서 찾는다. 가부장적인 문화 안에서는 남성과 여성의 역할이 정해져 있고, 성별에 따라 모멸감이나 명예로움을 느끼는 상황도 다르다는 것이다. 남성은 폭력성이 약하다 싶으면 모욕을 당하고(예를 들어 겁쟁이는 놀림을 당하고 탈영병은 처벌을 받는다), 폭력성이 강할수록 존경을 받는다(공격적인 선수는 메달을 거머쥐고, 공격적인 영업 사원은 승진을 하며, 공격적으로 투자한 자산가는 재산을 늘린다). 남성에게 폭력은 긍정적인 결과를 가져다주는 일종의 전략이다. 여성의 경우는 정반대다. 여성은 지나치게 적극적이거나 공격적이면 모욕을 당하고(발라당 까졌다거나 적어도 여성스럽지 못하다는 말을 듣는다), 수동적이고 순종적이면 명예로워진다(참하고 기품 있는 며느리를 떠올려보자).

그러니까 소위 남자다움을 부추기는 가부장적 문화가 남성에게 폭력을 조장한다는 결론인데, 사례를 떠올리는 게 어려운 일은 아니다. "남자답게 권투를 배워야지"라는 말은 발레리노가 되고 싶었던 빌리 엘리어트를 유년 시절 내내 힘들게 했다. "남자가 한번 칼을 뽑았으면 무라도 썰어야지", "남자가 한 입으로 두말하면 쓰나" 같은 말은 자기 생각이 틀린 것을 안 남성이 그것에 대해 사과하거나 번복하는 걸 주저하게 만든다. "남자가 무슨 네일 아트야"라는 아버지의 말은 네일 아티스트를 꿈꾸는 남학생의 자존감을 흔든다. 특히 여성의 영역이라고 생각되는 분야에 뛰어든 남성이 들어야 하는 말은 그 반대의 경우보다 가혹하다. 예를 들어 트럭을 모는 여성이나 벽돌 공장을 운영하는 여성은 기껏해야 "여성스럽지 못하다"거나 "여자가 남자 같다"는 말을 듣지만, 화장하는 남성은 성 정체성을 의심받으며 차마 입에 담기 어려운 욕설을 듣는다. 살해나 폭력을 당하는 게이의 수는 레즈비언의 수보다 훨씬 많다. 억압받은 사람은 어떤 방식으로든 그것을 표출하게 되어 있다.

여기까지 생각하고 나니 이른바 남자다움과는 결이 다른 기질을 지니고 태어나 자책하며 살지도 모르는 수많은 남자들이 가여워졌다. 주차에 서툴다고 짜증 낸 일이 떠올라 남편에게도 미안했다. 주차를 못 하고 싶어서 못 하나. 나라면 말도 못 하게 서운했을 것 같다.

유튜브로 뜨개 동영상을 보면서도 성별에 따라 할 일이 정해진 건 아니라는 사실을 실감할 때가 많다. 노르웨이의 한적한 주택에 살며 직접 가꾼 정원에서 영감을 받아 아름다운 작품을 만드는 니트 디자이너 듀오, 아르네와 카를로스는 둘 다 남자다. 우리나라에도 책이 네댓 권 출간됐는데, 작품마다 어찌나 따뜻하고 포근해 보이는지 보자마자 어서 겨울이 왔으면 싶었다. 아마 이들의 작품을 보고 디자이너가 남자인지 여자인지 궁금해하는 사람은 없을 것이다. 이들은 그저 훌륭한 니트 디자이너고, 아름다운 정원이 딸린 주택에 사는 행복한 두 사람이다. 유튜브를 배회하다 보면 아르네와 카를로스 외에도 뜨개 동영상을 올리는 외국 남자들을 심심치 않게 볼 수 있다. 한번은 오른 코 늘리기를 배우려고 두서없이 영상을 재생하다가 마디마디 털이 무성한 할아버지의 손이 등장해 깜짝 놀란 적도 있다. 그 덕분에 지금은 오른 코 늘리기를 헷갈리지 않는다.

얼마 전에는 남자가 무슨 뜨개냐는 말을 무색하게 하는 근사한 사장님의 이야기를 TV에서 봤다. 그날 〈김영철의 동네 한 바퀴〉의 무대는 수원 행궁동이었는데, 그중 팔부자 문구거리 이야기가 마음을 끌었다. 이승환 사장님은 수원의 팔부자 문구거리에서 30년째 도매 문구점을 운영 중이다. 한때는 번성했던 문구 거리였지만 IMF의 타격으로 찾는 사람이 줄었고, 많은 가게가 문을 닫아 지금은 여남은 곳이 명맥을 유지할 뿐이다. 사장님도 여유 시간이 늘면서 문구점 밖을 지나다니는 행인을 바라보는 시간이 늘었는데, 우연히 행인의 모자와 목도리에 시선이 닿았다고 한다. 시간도 죽이고 가게에 쌓인 털실도 소모할 요량으로 아내에게 뜨개 기초를 배웠다. 그 뒤로 목도리에서 모자, 수세미, 가방 등 종류를 바꿔가며 15년째 열뜨 중이라고 한다. 뜨개를 배운 첫해에 작품 50개를 소외계층에 기부하기 시작한 것이, 지금은 속도가 늘어 1년에 500개의 모자를 만들어 나눔 한다. 어느 신문사와의 인터뷰에서 이승환 사장님은 이렇게 말했다.

"돈 받고 팔았다면 이미 오래전에 그만뒀을 것 같다. 주는 즐거움이 그만큼 크고 좋다. 봉사는 마약이다."

마후라 터진 소리로 온 동네를 쩌렁쩌렁 울리며 오토바이를 타면 근사한 남자일까. 시속 200킬로미터로 한밤중의 고속도로를 질주하면 남자다운 남자가 되는 걸까. 세상에 남자다운 취미는 없다. 나와 주변을 행복하게 하는 취미만 있을 뿐이다. 이승환 사장님의 미소에서 그런 목소리가 들리는 듯했다.

그런가 하면 일본에는 뜨개 하는 남자들이 전국 방방곡곡에 포진해 있는 게 분명해 보인다. 일본의 계간 뜨개 잡지에는 '뜨개 남자'라는 코너가 있다. 3대째 운영하는 뜨개방을 물려받기 위해 고향으로 내려온 남자 이야기, 중후한 남자 목소리를 연기하는 성우가 뜨개 동영상을 제작한 이야기, 딸에게 줄 인형 만들기를 좋아한다는 우락부락한 아저씨 이야기까지 직업도 사는 곳도 다양한 남자들이 매호 등장해 뜨개에 얽힌 자신의 이야기를 들려준다.

이번 호 '뜨개 남자' 코너에서 만난 사람은 누케메 상이었다.* 누케메(ヌケメ)란 일본어로 빈틈, 허술함이라는 뜻이니 우리말로는 허당 씨 정도 될까? 원래 바둑을 하던 사람이었는데 복장 학원에 다니게 되면서 니트에 빠졌다고 한다. 수편기로 작품을 만드는 그는 자신이 직접 고안한 장치로 기계에 일부러 오류를 유발해서 그걸 작품으로 승화시켰다고. 사진을 자세히 보니 허당 씨가 입은 니트가 너덜너덜하다. 저렇게 올이 풀린 것 같은 효과를 준 게 오류의 결과인가 보다. 오류를 작품으로 승화시킨다? 그렇다면 나는 그동안 얼마나 대단한 작품들을 만들어왔던가. 내가 뜬 고무단 무늬는 늘 어딘가 깨

* 「37.本気の遊びと可能性」, 『毛糸だま vol. 185』, 日本ヴォーグ社, 2020春号, 28~29쪽.

져 있고, 분명 겉뜨기만 계속했는데 언제 실을 앞으로 가져왔는지 중간에 구멍이 나 있고, 양쪽 소매 폭은 늘 미세하게 다르다. 내 오류도 작품이라고 우겨볼까. 아니다. 의도한 오류는 작품이지만 의도치 않은 오류는 그냥 잘못 뜬 거다. 신의 완벽함을 찬양하고 인간의 부족함을 기억하기 위해 일부러 실수를 남겨둔다는 아미시 사람들에 대한 오마주라고 둘러대는 게 최선이다.

재미있는 사실은 산업혁명 이전에는 뜨개 하기에 남녀가 따로 없었다는 점이다. 영국의 공예가 마이크 아스피날에 따르면 중세에 뜨개는 여성의 전유물이 아니었다.* 특히 사업을 위해 또는 종교의식에 필요한 의복을 만들기 위해 뜨개를 배우는 사람은 대부분 남자였고, 남자를 위한 직업 뜨개인 양성기관도 있었다. 이 남자 뜨개인 지망생들은 3년간의 혹독한 수습생 시절을 거친 뒤 다시 3년간 유럽 이곳저곳에서 연수를 하며 뜨개 기술을 연마했다. 연수를 마치고 돌아와서는 스타킹, 양말, 모자, 장갑, 코

* "The history of knitting, part 2: the knitting guilds," *The Crafty Gentleman*, 2015, https://www.thecraftygentleman.net/2015/08/16/history-of-knitting-guilds.

트 심지어 카펫까지 다양한 편물을 뜨는 시험을 무려 13주 동안 치러야 했다. 6년이 넘게 걸리는 이 과정을 통과한 사람만이 직업 뜨개인으로 활동할 수 있었다. 직업 뜨개인은 뜨개 길드를 만들어 뜨개 비법을 공유하고 영업 비밀을 엄수했으며 편물의 질을 향상할 방법을 연구했다. 당시 남자들의 필수 아이템은 니트 스타킹이었는데, 뜨개 길드는 부유한 고객을 유치하기 위해 견고한 스타킹을 만드는 데에 심혈을 기울였다고 한다. 기록에 따르면 1663년에 영국이 노르망디에 공식으로 수출한 니트 스타킹만 24만 켤레에 달했고 이는 모두 남자가 만든 것이었다.*

* 세상으로부터 가치를 인정받는 데에 집단의 목소리를 내는 일이 얼마나 중요한지를 여기에서 알 수 있다. 비슷한 시기에 유럽에서는 레이스도 크게 유행했고 레이스 직공의 절대다수는 여성이었다. 부유층은 신분을 드러내기 위한 수단으로 레이스를 구매하기 위해 큰 비용을 치렀지만, 『총보다 강한 실』(「다이아몬드와 옷깃: 레이스와 사치」, 카시아 세인트 클레어 지음, 안진이 옮김, 윌북, 2020, 209쪽)에 따르면 그 돈은 레이스를 뜬 여성의 손에 쥐여지지 않았다. 레이스 직공들이 협회나 길드를 결성하지 않았기 때문이다. 이들은 힘을 합치지 않았기 때문에 다른 직공들처럼 노동의 가치를 인정하라고 외치거나 더 높은 임금과 지위를 요구하기 어려웠다고 한다. 뜨개의 가치가 제대로 평가받아야 한다고 생각하는 사람이라면 이 사례를 기억해야 하지 않을까.

산업혁명기에 방직기가 발명되고 남자들이 기계에 몰리자 뜨개는 다시 가정으로 돌아와 여성의 노동이 됐다. 빠르고 정확한 기계에 견주어 손으로 편물 짜는 일을 저평가하는 분위기가 생긴 것도 이때다. 그림 형제가 기록한 독일 구전 미신 중에 이런 말이 있다. "남자가 말을 타고 나갔다가 실을 잣는 여자와 마주치면 불길한 징조이다. 그럴 때는 얼른 말 머리를 돌려 다른 방향으로 가야 한다." 그림 형제는 산업혁명이 한참이던 18세기 말에 태어나 19세기 중반까지 살았다.

만약 방직기가 발명되지 않았고 뜨개가 성별과 관계없이 누구나 하는 일이었다면, 뜨개가 직업인 남자들이 여전히 많았다면 지금쯤 우리는 뜨개 분야의 세계적 위인 몇 명쯤은 알고 있거나, 매년 뜨개 문화 발전에 공헌한 사람에게 수여하는 상을 올해는 누가 받게 될지 기대하며 한 해를 보내고 있었을지도 모른다. 나라마다 뜨개 문화를 장려하는 정부 부처가 있고, 뜨개의 과거와 미래를 연구하는 연구소가 있고, '사' 자나 '가' 자를 붙여가며 뜨개 하는 사람을 높여 부르는 문화가 있었을지도 모른다. 하지만 어쩌랴. 역사에 만약은 없는 것을.

남녀 모두가 뜨개를 즐기는 날이 다시 온다면

어떨까. 뜨개 수업을 듣는 수강생의 절반이 남자고, 뜨개 에세이의 독자 절반이 남자라면 어떨까. 명절에 한자리에 모인 친척들이 둥글게 앉아 함께 뜨개를 한다면 어떨까. 미래의 어느 날, 남편이 직접 뜬 캐시미어 스웨터를 내게 선물하는 모습을 상상한다. 내가 3XL 스웨터를 뜨는 속도보다는 남편이 M 사이즈 스웨터를 뜨는 속도가 빠르긴 할 것이다.

모니카 수예점

3월 중순이었나. 마스크를 단단히 쓰고 모처럼 시내 나들이를 갔다가 서점에서 잡지 한 권을 발견했다. 벽에 카디건을 걸어놓은 방 안의 풍경을 일러스트로 그린 표지에는 작은 글씨로 이렇게 적혀 있었다.

"한림수직을 아시나요?"

한림이라면 비양도 가는 배가 다니는 한림항의 그 한림인가. 간발의 차로 출발해버린 배의 뒤꽁무니를 보며 입맛을 다셨던 기억이 떠올랐다. 수직이라면 편물 회사라는 이야기인데. 와, 한림에 이런 카디건을 만드는 편물 회사가 있다니. 기사를 읽어보니 근사한 카디건을 만들던 한림수직이라는 회사가 있었으나 과거형이었다. 지금은 사라지고 없는. 기사로 읽은 내용*에 내가 궁금해서 찾아본 것을 덧붙여 요약하면 이렇다.

6·25가 끝나고 4·3이라는 또 한 번의 전쟁을 치르느라 육지보다 더 황폐해진 제주. 그곳에 외국인 한 명이 도착했다. 지구 반대편 아일랜드에서 온 그 가톨릭 신부의 이름은 맥그린치, 한국 이름 임피제였다. 미 군정에 시달리던 제주도민들은 "어디서

* 「1959~2005 한림수직을 아시나요」, 『인iiin』, 재주상회, 2020년 봄호, 10~37쪽.

미국놈이 왔나 보다" 하며 날을 세우기 일쑤였고, 그럴 때마다 서른도 안 된 그는 "저는 아일랜드 놈이에요" 하며 태연하게 웃었다고 한다.* 이 젊은 신부는 일자리를 구하기 위해 부산에 갔다가 사고를 당해 주검으로 돌아온 소녀를 보며 마음속으로 생각했다. 어떻게 하면 이 사람들을 경제적으로 자립시킬 수 있을까.

푸른 해안과 끝없이 이어진 돌담. 제주의 풍광을 보고 그는 자신의 고향을 떠올렸을 것이다. 고향만큼이나 바람 많고 돌 많은 이 섬에 무언가를 만들자고 생각했을 것이다. 그는 한림에 터를 잡고 성당과 병원과 유치원을 만들었다. 가축 은행을 만들어 돼지와 병아리를 분양하고, 소를 길러 우유를 짜고 치즈를 만들었다. 그렇게 일본군도 실패했다는 목축에 성공했다. 그리고 마침내, 그는 외국에서 양을 들여와 털을 밀고 물레를 돌려 실을 뽑았다. 그 실로 수녀님 세 분이 제주 여인들에게 직조와 뜨개를 가르쳤는데 그렇게 만든 스웨터와 카디건이 어찌나 훌륭했는지 미국 《타임》에 소개 기사가 실리는가 하면, 서

* 「마침내 그가 제주에 왔다」, 『제주한림이시돌 맥그린치 신부』, 양영철 지음, 박영사, 2016, 8~9쪽.

울 명동의 조선호텔과 제주 칼호텔에 직영 매장을 열 정도였다. 그 회사 이름이 바로 한림수직이다.

당시 제주의 젊은 여성들 사이에서는 한림수직 스웨터를 사기 위해 계를 드는 모임이 있었는가 하면, 한림수직에서 혼수 마련했다고 하면 부잣집에 시집 갔다는 의미로 통했다고 한다. 한림수직은 1990년대 중반까지도 호황을 누리다 2000년대 들어 값싼 중국산 양모가 밀려들면서 결국 설 자리를 잃고 2005년에 문을 닫았다.

여기까지 읽고 나는 잠시 눈을 멈췄다. 당시 한림수직에서 일했던 이 중 누군가가 지금 이 기사를 읽는다면 기분이 어떨까. 한때 황금기를 누리다 지금은 사라지고 없는 것에 대한 이야기를 접할 때, 특히 그게 직업일 때 나는 잠시 손을 멈추고 생각하는 버릇이 생겼다. 번역가라는 직업은 인공지능이 발달하면 사라질 직업 베스트 10에서 수위를 차지한다. 50년쯤 뒤에 누군가가 "과거에는 외국어를 번역해 주는 직업이 있었다고 합니다"라며 기사를 쓸지도 모를 일이다. 할머니가 되어 그런 기사를 읽는다면 나는 어떤 기분이 들까.

『총보다 강한 실』에 재미있는 이야기가 나온다.* 요즘 가전제품을 디자인하는 사람들은 첨단 기술에 부드러운 느낌을 더하기 위해 직물을 덧댄다. 기계가 주는 차가운 이미지를 덜기 위해 사람의 손이 닿는 부분만 보송보송한 스웨이드 천을 댄다든지 하는. 이렇게 보면 첨단 기술과 섬유는 정반대에 있는 것 같지만, 사실 인류 최초의 첨단 기술은 섬유였다고 한다.

옛날에는 복잡한 무늬가 들어간 천을 만들려면 고도의 기술과 방대한 시간이 필요했다. 그런데 프랑스의 조제프 마리 자카드라는 사람이 복잡한 무늬가 들어간 천을 대량생산하는 직기를 발명하면서 이것이 수월해졌다. 이 직기의 원리는 여러 개의 구멍이 뚫린 카드로 기계를 조종하는 프로그래밍 방식이었다. 이 프로그래밍 방식은 인구통계조사 분야에 쓰이게 되고, 나중에 이 통계 조사 회사가 대기업에 합병되는 데 그게 IBM이었다는. 그러니까 첨단 컴퓨터 기술의 시초를 제공한 것이 지금 우리가 사양산업의 대명사로 알고 있는 섬유산업이었다는 놀라운 이야기.

영광은 사라지는 것이 아니라 이곳에서 저곳으로 옮겨 갈 뿐이라는 사실을 알면 쓸쓸함이 조금 덜

*「머리말」, 22~23쪽.

해진다. 매끄럽게 번역된 글과 콘텐츠가 누군가에게 닿아 아이디어의 씨앗이 되었을 거라 생각하면 위안이 된다. 그 아이디어가 발전해 책도 되고 영화도 되고 사업도 되고 가게도 되고 세상을 조금 더 나은 곳으로 바꾸려는 흐름도 되겠지. '옛날에는 번역이라는 걸 직업으로 하는 사람들이 있었지' 하며 과거의 숨결을 회상하려는 이들에게 추억을 선물할 수 있으려면 지금 나는 무엇을 해야 할까.

다행히도 한림수직의 숨결을 회상하려는 이들에게 위안이 될 만한 장소가 제주에 딱 한 군데 남아 있다. 모니카 수예점이다. 모니카 김숙자 할머니는 젊은 시절, 양장을 배우러 서울로 유학을 갔다가 뜨개에 빠져 편물 학원으로 방향을 틀었다고 한다. 스물넷에 고향 한림으로 돌아와 연 것이 지금의 모니카 수예점. 그곳에서 모니카 할머니는 한림성당의 로자리 수녀님에게 뜨개를 가르쳤고, 수녀님은 직접 지은 실로 스웨터와 카디건을 만들었다. 수녀님은 실과 도안을 줄 테니 뜨개를 해보자고 신자들을 설득했다. 이것이 한림수직의 출발이었다. 매달 5일, 15일, 25일 신자들은 완성한 옷을 성당에 가져왔다. 불량품은 다시 만들게 하고, 모르는 부분은 계속 가르쳤다. 그렇게 입소문이 나면서 한림수직은 나날이

번창했고, 그 시작점에 모니카 수예점이 있었다.

우리나라에도 뜨개 장인이 있다면 바로 모니카 김숙자 할머니 같은 분이 아닐까. 진부한 표현이지만, 산 역사라는 말이 자꾸 떠올랐다. 이런 분께 뜨개를 배우고 싶었다. 강습을 안 하신다면 살아오신 이야기만이라도 더 듣고 싶었다. 혹시나 하는 마음에 검색한 결과 모니카 수예점의 전화번호를 알 수 있었지만, 부재중이셔서 통화는 하지 못했다. 코로나 때문에 휴업 중일 수도 있고, 그렇지 않더라도 지금은 육지인을 반기지 않는다고 하니 기다리는 수밖에. 서두르지 말고 천천히.

뜨개 수업

선생님을 찾기까지는 3개월이 걸렸다. 간절함에 비하면 짧은 시간은 아니었다. 코로나의 여파로 신청했던 뜨개 강좌가 줄줄이 연기된 탓도 있었지만, 이번에도 실망하면 더는 뜨개 수업을 찾지 않게 될지 모르니 신중하자는 마음이 더 컸다. 독학의 벽에 부딪혀 뜨고 풀기를 반복하는 와중에도 어디선가 누군가는 뜨개 수업을 하고 있다는 걸 알았지만 선뜻 합류하지 못했다. 대한민국 최고의 뜨개 장인에게 궁극의 뜨개 비법을 하사받겠다는 포부 따위는 없었다. 그저 나보다 많이 아는 선생님에게 내가 모르는 걸 배울 수 있는 정도면 충분했다. 대신 내가 뜨개 선생님에게 바라는 건 두 가지였다. 하나는 다른 뜨개 강사나 디자이너를 비방하지 않을 것, 다른 하나는 수강생을 자신과 동등한 위치에 둘 것. 이 두 가지를 갖춘 선생님을 만나기만 한다면 그의 커리큘럼이 몇 년 과정이든 함께할 준비가 되어 있었다.

나는 학교를 졸업한 뒤 이런저런 교육기관을 꽤 기웃거린 편이다. 수채화와 데생, 인디자인과 일러스트레이터, 출판 기획과 마케팅, 시나리오와 번역까지 꽤 많은 강의를 들으며 다양한 강사들을 봐왔다. 그중에는 깊이 있는 강의를 하면서도 수강생과 친구처럼 소통하는 강사가 있는가 하면, 강의실을 자신의 왕국처럼 꾸려가는 강사도 있었다. 그 둘 사이에는 수강생의 심리 상태까지 알고 싶어 하는 강사, 자신이 가르친 대로 단축키를 쓰지 않으면 히스테리를 부리는 강사, 의대에 진학했다는 자신의 딸과 딸의 남자친구 이야기를 하느라 진도를 나가지 못하는 강사 등 다양한 인간 군상이 존재했다. 첫 강의를 듣고 강사가 어떤 유형인지 어느 정도 파악할 수 있게 된 건 다년간의 수강 경험이 쌓인 덕분이었다. 그리고 저 두 가지 조건은 몇 차례 뜨개 강의를 경험한 뒤 갖게 된 나만의 수강 기준이었다.

○○는 자기가 모르는 줄도 모르고 옛날식으로 하더라고. ○○는 공부 좀 더 해야 해. ○○에서는 이런 거 안 가르쳐. 다른 분야의 강의를 들을 때는 이렇게 노골적인 비방을 들어본 기억이 없다. 하지만 뜨개 강의에서는 이런 말이 종종 들렸다. 사실인지 아닌지 수강생으로서는 확인할 길 없는 이런 말을 유독 뜨개 수업에서만 듣게 되는 이유는 뭘까. 연단에 선 강사가 일방적으로 지식을 설파하는 다른 강의와 달리, 뜨개 강의에서는 강사가 수강생의 옆에 앉아 머리를 맞대고 수강생이 뜬 편물을 요리조리 살펴보며 수업을 한다. 혹시 수강생과의 물리적 거리가 가까워서 자신도 모르게 내밀한 이야기를 털

어놓게 되는 건 아닐까.

뜨개를 취미로 하는 나와 뜨개가 직업인 그들이 뜨개를 보는 눈이 같을 리 없고, 다른 뜨개인을 경쟁의 대상으로 보는 이유를 모르는 바도 아니지만, 비방의 말을 듣는 순간 그들의 경쟁 스트레스가 전이되는 기분이 드는 건 어쩔 수 없었다. 힐링을 기대하고 간 공방에서 뜻밖의 경쟁의식을 감지하는 것은 원하는 바가 아니었다. 그런가 하면 뜨개만이 아니라 모든 분야에서 자신이 수강생보다 앞서야 한다고 생각하는 강사를 만나는 것 또한 피곤한 일이었다. 이들은 따져 묻기에는 다소 곤란한 방식으로 감정을 드러냈고, 잘못된 정보를 말함으로써 수강생을 압도해야 한다는 조급함을 들키고는 했다. 강사와 수강생 사이에 벽을 쌓는 이런 수업에는 금세 지쳤다. 하지만 첫 달 강의를 등록하지 않고서는 강사가 어떤 유형인지 알 도리가 없었다. 그런 점에서 첫 달 수강료는 나와 맞는 선생님을 만나기까지 치러야 하는 비용이었다.

첫 달 수강료가 버린 돈이 아니라 배움의 대가였던 적이 없지는 않았다. 방학동에서 공방을 하는 내 첫 오프라인 뜨개 선생님은 다른 공방을 비방하지도, 수강생을 아래로 보지도 않았다. 그는 다른 뜨개 수업과 자신이 하는 수업의 차이점을 합리적으로 설명했고, 나를 돈을 받고 가르치는 수강생이 아니라 뜨개 친구처럼 대했다. 주방에 걸어둔 보라색 장바구니를 보며 수업을 마치고 그와 함께 장을 봤던 봄날을 떠올린다. 그때 산 연어가 참 맛있었는데. 공방의 위치가 조금만 가까웠더라면 그의 수업을 계속 들었을 것이다. 하지만 우리 집에서 방학역은 멀어도 너무 멀었다. 대방역이라면 다녀볼 만했다.

대방역은 집에서 버스로 20분 남짓이면 도착하는 가까운 거리였지만, 그 주변을 걸어보기는 처음이었다. 1호선 역사 주변이 으레 그렇듯 거리의 보도블록은 군데군데 깨져 있었고, 여름의 습기를 머금은 대방역 지하도에서는 1호선 특유의 쿰쿰한 냄새가 났다. 부동산과 치킨집, 세탁소와 보습학원이 얽혀 있는 낡은 건물은 선생님의 인스타그램에서 본 예쁜 사진들과는 다른 분위기를 풍겼다. 하지만 지나치기에는 크고 또렷한 간판이 잘못 찾아온 게 아니라고 말해주었다. 수업 시작까지는 12분이 남아 있었다. 들어가기에 애매한 시간이었지만 기다릴 공간은 없었다. 문을 두드렸다.

문을 열고 나온 사람은 K였다. K는 사진보다 마르고 어려 보였다. 눈이 크고 맑다는 것도 사진으로는 알지 못했던 사실이었다. 강의실 한가운데를 차지한 커다란 테이블 위에는 책과 실과 바늘과 각종 뜨개 도구가 어지러이 놓여 있었다. 테이블에 둘러앉아 뜨개를 하는 두 명은 수강생이었고, K를 제외한 나머지 한 명이 이 공방의 원장 S였다. 안내받은 자리에 앉아 뜨개 도구를 꺼낸 뒤 교재를 보는 척했지만, 사실은 펄 속에서 눈만 치켜세우고 동태를 살피는 꽃게처럼, K와 S가 내 수강 기준에 맞는 강사인지 아닌지 파악하라는 내 안의 지령을 완수하기 위해 열심히 눈을 굴리는 중이었다.

하지만 수업이 시작되고 절반쯤 지났을 때, 나는 초반의 긴장이 무색하게 수업에 빠져들고 있었다. 방금 배운, 겉뜨기와 안뜨기로 이루어진 제자리 무늬를 가지런하게 뜨는 데에 마음을 쏟는 동시에 방 안에 모인 사람들과 이런저런 이야기를 나누느라 지령 따위 잊은 지 오래였다.

나보다 두 달 먼저 수업을 시작한 수강생은 남편과 세계 여행을 마치고 돌아와 여행 에세이를 쓰는 중이라고 했다. 가본 곳 중 가장 좋은 곳이 어디였는지 물으니 너무나 아름다워 체 게바라로 하여금 혁명을 그만둘까 고민하게 했다는 과테말라의 한 호수를 말해주었다. 그가 뜬 비췻빛 핸드워머만큼이나 영롱하게 빛나는 호수 풍경이 머릿속에 떠올랐다. K는 내가 무늬뜨기 하는 모습을 지켜보며 도안의 어디를 뜰 차례인지 알려주거나 잘못 뜬 무늬를 쉽게 푸는 법을 알려주었다. 그는 인스타그램에서 본 내 번역문이 좋았다고 했고 우리는 그런 책이 한국에 번역되어 나오지 못하는 현실을 개탄했다. S는 나와 다른 수강생을 번갈아 지도하며 실과 바늘에 관해 이야기했고 그러는 틈틈이 농담도 했지만 다른 공방이나 디자이너에 대한 언급은 없었다. 수강생과 자신 사이에 벽을 쌓는다는 느낌도 들지 않았다. 요즘 푹 빠져 있다는 덴마크의 디자이너 마리안네 이사야(Marianne Isager)*와 그가 만든 실에 대해 들려줄

* Isager는 국립국어원 덴마크어 표기법에 따르면 '이사게르'가 되지만, 일본에서는 '이사가'라고 발음하고 우리나라에서도 '이사가'로 통한다. 하지만 '모두의 뜨개 시간'이라는 블로그를 운영하는 뜨개인 모뜨에 따르면, 디자이너는 2019년 가을에 한국을 방문해 본인을 '마리안네 이사야'라고 불러달라 말했다고 한다. 이사야는 맞고, 이사가는 틀렸다고 야단을 떨 생각은 없다. 다만 이 에피소드를 말하고 싶다. 남편과 일본의 한 호텔에 묵었을 때의 일이다. 호텔 직원이 나를 자꾸 미세스 강이라고 불렀다. 남편의 성을 따른 호칭이 어색해서 이름으로 불러도 괜찮다고 했다. 그 뒤로 호텔 직원은 나를 이렇게 불렀다. "세오 상." 아마도 Seo를 한국에서는 '서'라고 발음한다는 사실을 몰라서였겠지만, 그리고 어쩌면 일본의 외국어 표기법상으로는 '세오'가 맞았

뿐이었다. 과연 그럴 만하다 싶게 아름다운 실과 카디건이었다. 나도 언젠가 그 실로 카디건을 떠보고 싶다고 생각했다. 그리고 모두가 함께 나눈 대화가 있었다. 뜨개가 왜 이렇게 재미있는지 모르겠다고. 책은 읽다가 그만 읽고 싶은 순간이 오지만 뜨개는 온종일도 할 수 있을 것 같다고. 뜨개는 참 신기하다고. 그 대화를 기점으로 나는 경계심을 완전히 놓아버렸다.

공방에 오기 전, K의 강의를 들어보겠다고 결정한 데에는 이유가 있었다. 우연히 발견한 그의 블로그에는 뜨개 자원봉사를 한 경험담이 적혀 있었다. 가족과 지인을 위해 뜨개를 한 적은 있지만, 얼굴을 모르는 타인을 위해 시간과 정성을 쏟아본 적은 단 한 번도 없었다며 그날 머플러를 한 개밖에 뜨지 못해 부끄러웠다고 고백하는 글을 읽고 그가 어떤 사람인지 궁금해졌다.

겠지만, '서 상'으로 불러줬다면 더 고마웠을 것 같다. (일본어에는 '어' 발음이 없어서 '오'로 대신한다. 그간 알던 모든 일본인에게 소 상으로 불렸으니 소 상까지는 이해했을 것 같다.) 자신을 이사가나 이사게르가 아니라 이사야로 불러주는 동양인을 만난다면 그 역시 고맙지 않을까. 본인이 원하는 이름으로 불러주는 게 그에 대한 존경심을 담는 방법이 아닐런지.

다른 글에서는 6년 전 뜨개 공방을 찾아 헤매던 시절부터 지금까지의 경험을 바탕으로 좋은 뜨개 수업을 선택하는 기준에 대한 생각을 적었는데 특히 마음에 닿는 문장이 있었다. 뜨개는 늘 즐거웠지만, 뜨개 외의 부수적인 것들, 이를테면 사람과 돈과 시간 때문에 잠을 설치던 때도 있었다고. 지금은 환경도 마음도 한결 안정됐다고. 나와 정확히 같은 경험을 한 건 아니겠지만, 적어도 뜨개 수업을 생각할 때 조심스러운 부분이 무엇인지에 대해서는 같은 생각을 갖고 있다고 느꼈다. 그는 이런 문장을 덧붙였다.

"학생과 함께 고민하고 답을 찾을 수 있도록 도와주는 선생님을 만나는 일이 가장 중요하다."

여기까지 읽고 K의 선생님이 누구인지 궁금해졌다. 그가 S였다.

K의 글을 읽기 전부터 나는 S를 알고 있었다. 우리 집에서 멀지 않은 공방 중 보그 수업을 하는 곳을 검색하면 상위 목록에 S의 공방이 나왔다. 블로그를 통해 그가 일본 현지에서 보그 과정을 수료했다는 사실을 알았고, 그의 열정이 대단하다고 생각했고, 그에게 배우면 현지 분위기를 느껴볼 수 있겠다고 기대한 것도 사실이었다. 하지만 이내 신중하자고 마음을 다잡았다. 그간의 경험상 열정이 뜨거

울수록, 타인이 고수라 인정할 만큼 실력을 갖춘 사람일수록 독단적인 성향이 강했기 때문이다. 아무나 하는 뜨개와 제대로 하는 뜨개를 구분하고 편 가르는 수업은 듣고 싶지 않았지만, S가 어떤 성향의 강사인지 블로그만으로는 알기 어려웠다. 그러다 용기를 내 그의 공방에 가볼 마음이 난 건, S가 사람과 돈과 시간 때문에 잠을 설치는 학생에게 답을 찾도록 도와준 선생님일 수도 있기 때문이었다.

S의 첫 수업을 듣고 안도했다. S에게는 애초에 편 가를 마음이 없어 보였다. 수강생에게 권위를 내세우려는 의지가 읽히지 않았고 무엇보다 다른 강사를 비방함으로써 자신을 추어올리는 사람이 아니었다. 나는 이 선생님이 내 선생님인가 어렴풋이 생각하며 집게발을 접고 펄 위로 올라갔다.

겉뜨기와 안뜨기로 이루어진 제자리무늬를 다 뜨자 S가 나를 다리미 앞으로 데려가 스팀 하는 방법을 알려주었다. 반듯하게 눈금이 그려진 블로킹 크로스 위에 내가 뜬 무늬를 놓고 시침핀을 꽂으며 S가 말했다.

"시침핀은 45도 정도 기울여 꽂는 게 좋아요. 편물을 너무 당기지 말고 자연스럽게 펼쳐지도록 해서 한번 꽂아보세요."

스팀을 쐬면 실이 수분을 머금었다가 마르는 과정에서 코가 가지런해진다고 했다. 손을 대보니 축축했던 편물이 조금씩 마르고 있었다. 내 장력에 밀려 긴장하고 움츠러들었던 코가 스팀을 쐰 뒤 천천히 자리를 찾아가는 중이었다. 잔뜩 긴장한 채 촉각을 곤두세우고 강의실에 들어섰던 나는 어느새 강의실 풍경에 녹아들고 있었다. 마치 오래전부터 이 강의실에서 이들과 뜨개 수업을 해온 듯한 기분이었다. 혹시 이 수업은 스팀인가.

다음 수업 일은 2주 뒤였지만 휴가철인 탓에 못 오는 수강생이 많다고 했다. 2주를 더 미뤄 한 달 뒤에 다음 수업을 하기로 하고 첫 수업을 마쳤다. 예정된 수업 시간에서 20분이나 지나 있었지만 자리에서 일어난 사람은 없었다. 나도 계속 앉아 있고 싶었으나 이내 자리를 털고 일어났다. 그럼 한 달 뒤에 뵐게요. 웃으며 인사를 하고 강의실을 나왔다. 첫 수업에 집에 가기가 아쉽기는 처음이었다.

돌아오는 길에 본 대방역 주변은 여전히 낡고 허름했다. 오래된 간판도 쿰쿰한 냄새도 아름답지 않기는 마찬가지였다. 하지만 어딘지 구수하게 느껴졌다. 걸으며 생각했다. 사람은 누구나 자신이 하는 일이 다른 일보다 어렵고 까다롭고 중요하다고 생각한다고. 나도 어떤 면에서는 예외가 아니다. 하지만 나이가 들수록 점점 드는 생각은 고수일수록 자기 영역과 그 바깥 영역을 가르는 벽이 낮다는 사실이다. 인정받은 자의 여유랄까. 짐머만은 『눈물 없는 뜨개』에서 이렇게 썼다.

> 좋은 뜨개인이 되기 위해 필요한 건 실과 바늘과 손 그리고 평균보다 약간 낮은 지능 정도다. 높으면 더 좋고. 나나 여러분처럼.*

뜨개 하는 시간이 늘수록 나와 남 사이의 벽을 높이고 있지는 않은지 돌아보자고 생각한다. 누군가가 나를 뜨개 고수라 부르는 날이 언젠가는 올 것이다. 그때의 내가 지금의 나를 잊지 않았으면 한다. 인정받은 자의 여유를 누릴 줄 아는 진정한 고수가 됐으면 한다. 초보의 시간을 거치지 않는 뜨개인은 없으므로. 서강대교 위를 달리는 버스 안으로 강바람이 불어왔다.

* "The Opinionated Knitter," *Knitting Without Tears*, A Fireside Book, 1995, 11쪽.

만국의 뜨개인이여, 단결하라

하나의 유령이 우리 곁을 떠돌고 있다. 뜨개는 소수만의 취미라고 속삭이는 유령이. 나는 이 문장이 곧 과거형으로 적힐 것이라 믿는다. 그냥 믿는 것이 아니라 광화문 교보문고를 다녀온 뒤 갖게 된 확신이다. 2020년 5월 말 취미 분야 베스트셀러 1위를 뜨개 책이 차지했기 때문이다. 이건 결코 시시한 일이 아니다.

세상에 존재하는 취미의 종류란 셀 수 없이 많다. 하지만 그 많은 취미 인구가 모두 자신의 취미에 관한 책을 읽을 수 있는 것은 아니다. 이를테면 얼마 전 파격적인 정수기 광고로 탑골가가에 등극한 가수 이정현의 취미는 바비 인형 모으기라고 한다. 이정현은 바비 인형을 수집할 수는 있어도 바비 인형에 관한 책을 읽을 수는 없다. 바비 인형을 좋아하는 사람의 수가 독서 시장을 형성할 만큼 많지 않기 때문이다. 이정현이 바비 인형에 관한 책을 읽고 싶다면, 스스로 바비 인형 홍보대사로 나서 출판사가 시장이 존재한다는 확신을 가질 때까지 바비 인형 수집가의 수를 늘리거나, 아니면 출간에 드는 각종 비용을 직접 부담해야 할 것이다.

뜨개인은 바비 인형 수집가보다 행복하다. 시장을 형성했기 때문이다. 그 시장을 보고 출판사들은 매년 30권 안팎의 뜨개 신간을 내고, 뜨개인은 그 중 원하는 책을 고른다. 하지만 이 30권으로 뜨개인의 지적 욕구가 빈틈없이 채워지는 것은 아니어서, 나를 비롯한 많은 뜨개인이 국내서만큼이나 많은 해외 원서를 구매한다. (30권은 국내 저자의 책과 번역서를 포함한 권수다. 일본에서는 한 해 출간되는 뜨개 도서가 2008년에 이미 174권이었다고 하니 규모의 차이를 실감할 수 있다.) 출판사들이 이런 사정을 모를까. 그럼에도 출판사들이 더 다양하고 깊이 있고 트렌디한 뜨개 책을 시장에 내놓지 않는 이유는, 국내 뜨개 시장의 규모가 제한적이라고 판단하기 때문이 아닐는지. 뜨개 시장을 과소평가하는 건 우리나라만의 문제가 아닌 모양이다. 미국 포틀랜드에서 목장을 운영하며 실을 잣고 뜨개에 관한 글을 쓰는 클라라 팍스는 이렇게 썼다.

> 북미에는 골프 인구보다 많은 뜨개 인구가 존재한다. 뜨개인은 가장 큰 소비자 세그먼트 중 하나를 차지한다. 그럼에도 우리는 힘없고, (우스꽝스럽게도) 시대와 동떨어진 집단으로 치부되어왔다. 힐러리 클린턴이 손자를 봤다는 사실이 알려졌을 때, 반대 진영 사람들은 그에게 정치는 그만두고 집에서

손자를 위해 뜨개나 하라고 했다.*

어떤 분야의 시장 규모를 파악하려면 공신력 있는 기관에 조사를 맡기는 방법이 가장 정확하겠지만, 그럴 수 없을 때 손쉽게 짐작해볼 방법이 동호인이 모이는 커뮤니티의 규모를 보는 것이다. 요즘 가장 핫한 매체인 유튜브로 본 뜨개 시장의 규모는 얼마나 될까. 가장 많은 구독자를 보유한 뜨개 유튜버는 김라희다. 2020년 10월 현재 구독자 15.1만 명을 보유했다. 두 번째로 구독자가 많은 뜨개 유튜버는 디어코바늘로 14.2만 명, 세 번째는 바늘이야기 김대리로 13만 명을 보유하고 있다. 이들 세 채널의 구독자 수를 합하면 약 42.3만 명이다. (같은 해 5월에는 35.5만 명이었다. 5개월 사이 6.8만 명이 늘었다.) 뜨개 유튜브를 시청하는 사람의 수가 42.3만 명이라는 뜻은 아니다. 한 사람이 세 채널에 동시에 가입했을 수도 있기 때문이다. 한 사람이 여러 뜨개 채널에 동시에 가입했다면 그는 뜨개에 충성도가 높은 사람이라고 봐도 무방하리라. 그러니까 누적 구

* "from baseball to broadway," *Knitlandia*, Abrams Press, 2016, 23쪽.

독자 수가 그 취미를 즐기는 인구의 절대치는 아니더라도, 누적 구독자 수로 그 취미에 대한 충성도는 가늠해볼 수 있다.

42.3만 명은 많은 걸까, 적은 걸까. 그걸 알려면 다른 취미 유튜버의 누적 구독자 수가 얼마인지 알아야 한다. 나는 러닝 유튜버를 살펴볼 생각이다. 러닝을 비하하거나 깎아내릴 의도는 없다. 그저 러닝 유튜버를 둘러싼 사실을 말하려는 것뿐이고, 사실이란 내 주변의 누군가가 러닝을 즐긴다는 사실을 뒤늦게 알게 된다 해도 바뀌지 않는다.

유튜브에서 상위를 차지한 러닝 관련 유튜브 구독자 수를 보면 1위가 2.8만(지니코치), 2위가 1.58만(마라토니아), 3위가 1.1만(찬스디오)으로 세 채널의 누적 구독자 수는 약 5.48만 명이다. (같은 해 5월과 비교해 6,300명이 증가했다.) 뜨개 유튜브 누적 구독자 수의 11퍼센트다. 네이버 카페 가입자 수도 이와 비슷하다. 네이버 최대 뜨개 카페('Knitting')의 가입자 수는 11.4만 명, 최대 러닝 카페('휴먼레이스')의 가입자 수는 2.7만 명에 불과하다.

그럼에도 러너들은 두 종류의 러닝 전문지(《러너스월드》, 《런시티》) 중 원하는 잡지를 골라 보고,

러너들의 알 권리를 보장해주는 방송사(한국마라톤TV)를 갖고 있다. 거기에 "마라톤 기술 향상 및 문화 발전에 이바지"할 목표로 설립된 마라톤협회는, 러너들이 시시때때로 모일 수 있도록 교류의 장을 제공한다. 공원사랑 마라톤대회, 전국민 독도 밟기 마라톤대회, 여의도 벚꽃 마라톤대회, 가정의 달 및 입양의 날 기념 마라톤대회, 울릉도 전국 마라톤대회, 환경의 날 마라톤대회 등 종류도 다양한 마라톤대회가 연중 쉬지 않고 이어진다.

하지만 뜨개인에게는 매달 받아볼 뜨개 잡지도, 방송사도 없다. 방송사야 자본도 필요하고 설립 과정이 복잡할 수 있으니 그렇다 치자. 보그 니팅 라이브까지는 아니더라도, 우리도 이제 뜨개 전문 축제 하나 가질 법하지 않은가(수공예로 묶은 박람회 말고). 이제는 우리도 한글로 된 뜨개 잡지 한 권쯤 가질 때가 되지 않았나.

고등학생 시절, 당시 여대생들이 닮고 싶은 여성상에서 늘 높은 순위를 차지했던 어느 기자가 쓴 수필집에 이런 글이 있었다. 사회에서 활약하는 여자 선배가 사회생활을 시작한 여자 후배에게 들려주는 몇 가지 조언을 적은 것이었는데, 이상하게도 첫 번째와 두 번째 조언은 기억이 안 나고 내 머릿속에는 세 번째 조언만 생생하게 남아 있다. 자신이 몸담은 분야의 잡지를 한 권 반드시 구독하라는 것.

서점에서든 도서관에서든 간행물 근처는 얼씬도 하지 않던 내가 잡지 코너를 기웃거리게 된 것은 이 글을 읽은 후부터였다. 장래 희망이 바뀔 때마다 손에 든 잡지의 이름은 달라졌지만, 어쨌든 그 후로 나는 잡지를 보는 사람이 됐다. 그런 점에서 뜨개를 하면서 가장 아쉬운 건, 우리나라에서 발행되는 뜨개 잡지가 없다는 사실이다. 별수 없이 그나마 구하기 쉬운 일본 뜨개 잡지 《게이토다마》로 아쉬움을 달래는데, 이마저도 일본 제품 불매운동이 시작되면서는 구매를 자제하는 중이다.

우리나라에서는 왜 뜨개 잡지를 쉽게 볼 수 없을까.* 잡지의 역할 중 하나가, 같은 카테고리로 묶이는 사람끼리 모여 정보를 공유하고 소속감을 강화하는 것이라면 온라인 카페가 이미 이런 역할을 잘

* 1990년대에는 《니트투데이》, 《니트산업》, 《한올》 등의 업계지가 있었던 것 같다. 한국니트디자인학회에서 현재까지 발행 중인 『패션과 니트』는 논문 위주의 학회지다. 대중을 대상으로 꾸준히 발행되는 뜨개 간행물로는 현재 14호까지 나온 낙양모사의 《LAB》이 있지만, 잡지보다는 도안집의 성격이 짙고 그마저도 서점에서는 구매할 수 없다.

해내고 있다. 하지만 생각해보자. 월드컵이 없었다면 축구가 이토록 사랑받는 스포츠가 될 수 있었을까. 뜨개를 축구에 비유한다면, 실력을 겨룬다는 의미보다는 애호가들이 한자리에 모인다는 의미에서, 뜨개 잡지는 월드컵이 아닐까. 이 외에도 뜨개 잡지를 쉽게 볼 수 있어야 하는 이유를 대자면 많지만 《모노클》의 편집장 타일러 브륄레의 말로 갈음할까 한다.

"당신이 읽는 미디어가 당신을 드러낼 수 있다."

요즘은 잡지 전성시대라 불릴 만큼 세련되고 다양한 잡지가 많이 나온다. 내가 쓰는 물건의 브랜드가 내 취향을 대변한다면, 이제는 잡지도 하나의 브랜드가 된 느낌이다. 그렇다면 뜨개인의 관점을 대변할, 뜨개인의 눈에 비친 세상 풍경을 담아낼 우리만의 브랜드 하나쯤 가까이에 있어도 좋지 않을까.

이 모든 걸 생각할 때, 김대리의 『쉽게 뜨는 탑다운 니트』가 베스트셀러에 올랐다는 뉴스는 고무적이다. 그 많은 취미 도서들을 가뿐히 제치고 뜨개 책이 1위를 차지하다니, 뜨개 하는 사람들이 이렇게 많았어? 출판계는 뜨개 시장을 다시 볼지도 모른다. 언젠가 뜨개를 소재로 한 영화와 드라마가 방영되고, 소설이 출간되고, 뜨개의 즐거움을 노래한 음원이 발매될지도 모른다. 대한민국 뜨개계는 이 책 이전과 이후로 나뉠지도 모른다. 나뉘길 바란다.

바늘이야기 송영예 대표는 2018년 모 신문사와 한 인터뷰에서 국내 뜨개 인구를 100만 명 내외로 추산했다. 뜨개인의 단결과 연대를 기초로 뜨개에 얽힌 비민주적 요소를 척결하고, 뜨개를 옭아맨 편견을 추방해 덕질 평등을 이룩하고자 하는 대한민국 100만 뜨개인이여, 단결하라.

당신이 뜨개를 하면 좋겠습니다

오랜만에 메일을 주셔서 반가웠습니다. 흔치 않은 이름 덕분에 저임을 확신했다는 말에 오랜 동창을 만난 것 같은 기분도 들었습니다. 그러고 보니 마지막으로 연락을 주고받은 게 벌써 2년 전이네요.

저는 사실 당신에 대해 아는 것이 거의 없습니다. 그건 당신도 마찬가지일 겁니다. 우리는 사적으로 만난 적도, 카톡을 주고받거나 서로의 SNS 계정을 공개한 적도 없으니까요. 두 권의 책을 만드는 동안 업무 이야기 외에는 해본 적이 없지만 그럼에도 당신이 멀게 느껴지지 않았습니다. 메일과 통화에서 느껴지는 당신은 신중하고 솔직한 사람인 것 같았습니다. 저는 그런 당신과 일하는 게 좋았습니다.

평소에는 손이 가지 않는 소재의 책이었음에도 받자마자 읽기 시작한 것은 당신이 쓴 글이었기 때문입니다. 늘 그렇듯 세수하지 않은 얼굴을 마스크로 가리고, 속옷과 양말을 챙긴 운동 가방에 당신의 책도 넣어 집을 나섰습니다. 헬스클럽 근처 카페에서 커피를 주문하고 테라스 좌석에 앉았습니다. 당신의 두 번째 글을 읽기 시작했을 즈음 주문한 커피가 나와 자리에서 일어났던 것을 제외하고는 마지막 장까지 단숨에 읽었습니다. 책을 덮고 표지를 한참이나 바라봤습니다. 여운에 비해 표지가 귀엽다고 생각했습니다. 뽀얀 곰국이 담긴 그릇 안에 얼굴이 비친 모습의 표지였다면 어땠을까 잠시 생각했지만, 이내 코웃음을 쳤습니다. 곰국에 무언가가 비친다면 그건 뼈를 덜 우렸다는 뜻일 테니까요. 그런 표지였다면 저조차 주문하지 않았을지 모릅니다.

눈을 감아도 떠도 한결같은 어둠뿐이라는, 그래서 오늘도 끝을 생각하며 하루를 시작한다는 당신의 글을 읽은 건 몇 가지 우연이 겹쳤기 때문입니다. 전날 코로나 블루에 대해 검색을 했고, 그날은 마침 글이 잘 써지지 않을 것 같은 예감이 드는 아침이었고, 그래서 평소보다 오래 인스타그램에 머물렀기 때문입니다. 글쓴이의 아이디가 당신의 이메일 아이디와 같다는 사실을 발견하고 잠시 생각에 잠겼습니다. 좋아요를 누르지 않았습니다. 인스타그램은 공감 아이콘에 더 다양한 감정 상태를 반영해야 한다고 생각했습니다. 아니, 공감 아이콘의 종류가 수십 가지였다 해도 그중 무엇을 눌러야 할지 모르기는 마찬가지였을 겁니다.

회사에 다니던 시절, 점심시간에 있었던 일을 제게 털어놓은 동료가 있었습니다. 누구와 밥을 먹었는데, 커피를 마시고 회사로 돌아오기까지 줄곧 남자친구와 이별한 아픔만 털어놓아 맞장구치기 힘들었다는 토로였습니다.

“상처가 컸나 보다. 밥 먹고 나서는 웬만하면 안 우울하지 않아?”

배꼽을 잡고 웃는 동료를 보고 제 말이 유머로 들릴 수 있다는 걸 알았습니다. 진지하게 한 말이었습니다. 밥을 먹으면 대부분의 걱정을 잊고 마는 사람이 저였으니까요. 코로나가 두렵지 않은 것은 아니지만, 불안하면 불안한 대로 답답하면 답답한 대로 살아가는 단순한 저였으므로 아침마다 죽음을 생각한다는 당신의 글을 읽고 놀란 것이 사실입니다. 어떤 도움은 실례가 된다는 것을 압니다. 네가 잘 못하니까 내가 도와주겠다고, 상대방을 낮춰보는 시선이 도움으로 포장될 때도 있다는 것을 압니다. 그래서 망설였습니다. 혹여 이런 편지를 쓰고 싶다고 생각한 제 마음 어딘가에 그런 우월감이 숨어 있지는 않은가 생각했습니다. 저는 당신이 느끼는 감정에 공감할 수도, 그런 감정에 대처할 만한 어떤 도움을 줄 수도 없는 사람입니다. 그저 제가 생각한 것을 말하고 싶을 뿐입니다.

코로나가 유행하기 시작했던 봄에 저는 큰 공포를 느꼈습니다. 전국의 확진자 수가 조금만 늘어도 대중교통을 타지 않고 식당에 가지 않았습니다.

늦봄에는 실내 체육시설 집합 금지 명령이 발표되면서 유일한 외출처였던 헬스클럽마저 문을 닫아 꼼짝없이 집에 갇혀야 했습니다. 나와 상관없다고 생각한 타인이 뱉은 공기를 내가 마시고, 내가 뱉은 공기를 다시 그가 마시고 있었다는 사실을, 그러므로 나와 상관없는 타인이란 없다는 사실을 알았습니다.

여름 전에는 끝날 줄 알았습니다. 30도가 넘는 폭염에 마스크 안에서 땀을 흘리게 될 줄은 몰랐습니다. 2차 대유행의 폭풍 전야라는 뉴스가 지면을 달구면서부터는 출판인을 위한 공용 사무실에 출근하지 않았고, 도서관이 문을 닫아 필요한 모든 책을 구매해야 했습니다. 뜨개 수업을 연기하고, 가족 모임을 줄이고, 여행 계획을 세우지 않았습니다. 그리고 다른 모든 이와 마찬가지로 다시 집에 머물렀습니다.

강화된 사회적 거리두기는 누구에게나 힘들지만, 이 시간을 비교적 수월하게 버텨내는 이들이 있다면 뜨개인이 아닐까 싶습니다. 많은 뜨개인이 이렇게 말합니다. 이런 시국에 뜨개가 없었으면 어쩔 뻔했느냐고. 저 역시 집에 갇혀 지내는 동안 뜨개를 했습니다. 저는 하루 중 잠시라도 외출하지 않으면 답답함을 이기지 못해 허공에 발차기를 하는 사람이었습니다. 남편은 제가 개띠라 그렇다고 하더군요.

그랬던 제가 뜨개를 하면서는 사흘간 집 밖에 나오지 않고도 평온하게 지냈습니다. 사흘간 집 안에 틀어박혀서 씻기나 제대로 했을까 같은 것을 생각하지는 않으셨길 바랍니다. 그저 제 마음이 고요했다는 사실에 주목해주셨으면 합니다.

제가 좋아하는 캐나다의 뜨개 작가는 가끔 이런 상상을 한다고 합니다. 고통은 크지 않되 완치까지는 오래 걸리는 경미한 부상을 당해서 의사로부터 6주 동안 꼼짝 말고 집에 있으라는 진단을 받는 상상을요. 미친 소리처럼 들리겠지만, 해야 할 일을 하지 않고도 아무런 죄책감 없이 뜨개만 할 수 있다면 발목을 접질리는 정도의 가벼운 부상을 상상하는 게 그렇게 나쁜 일은 아니지 않느냐고요. 그는 사회적 거리두기를 하면서 마음 놓고 판타지를 실현했을 겁니다. 경미한 부상조차 없이 말이지요.

저는 언젠가부터 뜨개를 할 때 머릿속에 한 가지 장면을 떠올립니다. 뇌에 갇혀 소동을 일으키던 무수한 생각이 손끝에서 나와 가느다란 바늘 위를 줄 맞춰 걷는 장면입니다. 뜨개는 어려움을 해결하지 않습니다. 고민에 답을 주지도 않지요. 그저 내면을 질서 있게 할 뿐입니다. 손끝에서 바늘을 타고 걸어 나온 생각들이 아무것도 아니라면 잊게 해주고,

부딪쳐야 할 일이라면 집중할 힘을 주는 것이 뜨개라고 생각합니다. 적어도 제게는 그랬으니까요. 해결해야 하는 일에 용기 내어 부딪친 일, 소모적인 의구심을 미련 없이 털어버린 일은 모두 뜨개를 시작한 뒤에 가능한 일이었습니다.

지금은 누구도 태연하기 어려운 것 같습니다. 코로나가 두려운 가장 큰 이유는 끝이 언제일지 알 수 없기 때문이 아닐까요. 이대로 한 달을 갈지, 1년을 갈지, 10년을 갈지 알 수 없다는 사실은 인내심을 쉬이 바닥나게 합니다. 미래에 대한 준비를 어렵게 합니다. 우리는 무엇을 해야 할까요. 어떻게 해야 코로나와 함께 살아갈 수 있을까요. 근본적인 방법은 코로나를 근절하는 것이겠지만, 그렇게 할 수 없다면 버틸 힘이 필요합니다.

그렇다면 남은 문제는, 버티기 위해 무엇을 하고 하지 않을 것인가입니다. 카뮈의 『페스트』에는 흑사병이 창궐하자 술과 향락에 빠진 사람도 등장하지만, 흑사병에 맞서기 위해 방역 연대를 구축하는 소시민도 나옵니다. 그들은 스스로 연대해 사망자를 수습하고, 흑사병의 위험을 알리기 위해 고군분투합니다. 다행히 우리의 보건 시스템은 겸허히 작동 중이고 덕분에 우리가 할 일은 코로나가 무사히 지나

가기를 기다리는 것입니다. 연대의 힘으로 코로나 백신은 만들지 못하더라도, 코로나 시대를 버티게 해줄 마음 백신은 만들 수 있지 않을까요. 다른 이와 만나지 않고도 안정을 느낄 수 있는 마음 백신으로 저는 뜨개보다 더 좋은 것을 알지 못합니다.

해외에서 입국한 교민이나 확진자와 접촉한 사람은 2주간 자가 격리를 해야 하지요. 정부가 마련한 세심한 자가 격리 키트가 화제라는 뉴스를 봅니다. 저는 자가 격리 키트 안에 뜨개실과 바늘도 들어가면 좋겠다는 생각을 합니다. 자가 격리 키트에만 넣을 것이 아니라 온 국민의 심리 방역을 위해 뜨개를 보건 차원에서 장려하면 좋겠다고도 생각합니다. 제가 뜨개를 좋아해서가 아닙니다. 뜨개가 스트레스와 우울증을 완화하고 성취감을 높인다는 의학 통계는 많습니다. 캐나다에서는 공예 치료라는 이름으로 다양한 분야에서 뜨개를 활용합니다. 투병 중인 환자의 우울증을 완화하기 위해, 금연 중인 사람의 의지를 북돋기 위해, 섭식장애를 앓는 사람의 심리적 안정을 돕기 위해 뜨개를 가르칩니다. 미국에서는 전쟁 트라우마에 시달리는 퇴역 군인과 교도소에 수용된 재소자들의 사회화를 돕기 위해 뜨개를 가르친다고 합니다.

많은 이들이 코로나라는 위기를 건너기 위해 실과 바늘을 준비하고 있습니다. 코로나 발생 후 뜨개와 수예 용품의 국내 매출이 40퍼센트 증가했다는 기사를 봤습니다. 미국의 한 뜨개 회사는 코로나 이후 매출이 75퍼센트나 증가했다고 합니다. 한 손에 실을 다른 손에 바늘을 쥔 이들은 이렇게 말합니다.

"뜨개는 긴장을 풀어줍니다. 지금 같은 공황의 시대에 세상에 꼭 필요한 것이지요."

제가 보는 코로나 이후의 세계는 당신이 보는 세계와 다릅니다. 저는 당신의 우울함을 치유하기 위해 도움되는 무언가를 해줄 수 없습니다. 우울증은 말하기 조심스러운 주제 같습니다. 〈당신은 사랑받기 위해 태어난 사람〉을 부르며 그런 생각은 하지 말라고 호소한들 당신의 마음을 잡아둘 수 없다는 사실을 압니다. 제가 부르는 노래 한 곡은 당신은커녕 아무도 구하지 못할지 모릅니다. 하지만 이 말은 하고 싶습니다. 당신이 뜨개를 하면 좋겠습니다. 뜨개가 당신의 세계를 바꾸지는 못하더라도, 당신에게 주어진 세계를 버티게 하는 데에는 도움이 될 수도 있습니다. 그래서 바라건대, 당신이 계속 글을 쓰면 좋겠습니다. 당신의 눈에 비친 세상의 모습을, 따뜻한 음식을 마주했을 때 당신의 가슴에 떠오르는 감정을, 그것을 만든 이에게 흘러들어가는 당신의 고유한 세계를 잃지 않기를 바랍니다. 한 점 의심 없이 존재하는 당신의 삶을 계속 써나가면 좋겠습니다.

제가 당신의 글을 계속 읽을 수 있으면 좋겠습니다.

표지의 아란무늬 래글런 스웨터 뜨기

- Design : 김혜림(instagram.com/so_on_knit)
- Yarn : langyarns novena 340g
- Needle : 4.5mm, 3.5mm
- Gauge : A무늬 22코 31단, B무늬 29코 31단, C무늬 30코 31단 $10cm^2$
- Size : 가슴 폭 48cm, 옷 길이 60cm

벌집무늬, 나무무늬, 멍석무늬가 올록볼록 전체를 수놓고 어깨가 부드럽게 떨어지는 래글런 스타일의 스웨터. 몸판 2장, 소매 2장을 떠서 잇는 과정이 조금 복잡해 보일 수 있지만, 각각의 조각들을 뜨고 잇는 동안 새로운 발견과 뜨개의 즐거움을 경험하시기를!

How to make

실은 1가닥으로 뜨고 앞판, 뒤판, 소매는 손가락에 실을 거는 방법으로 시작코를 만든다. 몸판은 그림과 같이 3.5mm 바늘로 2코 고무뜨기를 뜨고 4.5mm 바늘로 바꿔 8코를 늘린다. 래글런 라인은 그림과 같이 2코 안쪽에서 코수를 줄이며 뜨고 끝부분은 덮어씌워 코막음한다. 소매는 2코 고무뜨기 16단을 뜨고 1코 줄이고 무늬뜨기한다. 오른쪽 소매와 왼쪽 소매는 목둘레가 대칭이 되도록 뜨고 덮어씌워 코막음한다. 몸판과 소매는 시접 1코 안쪽으로 세로잇기를 하고 4코 코막음한 부분은 돗바늘로 메리야스 잇기를 한다. 래글런 라인도 세로잇기로 연결한다. 목둘레는 3.5mm 바늘로 몸판과 소매에서 116코를 잡아 2코 고무뜨기로 12단을 둥글게 뜬 후 덮어씌워 코막음한다.

* 해당 도안의 pdf 파일은 https://fromknit.tistory.com에서 다운로드할 수 있습니다.

몸판 펼친 그림

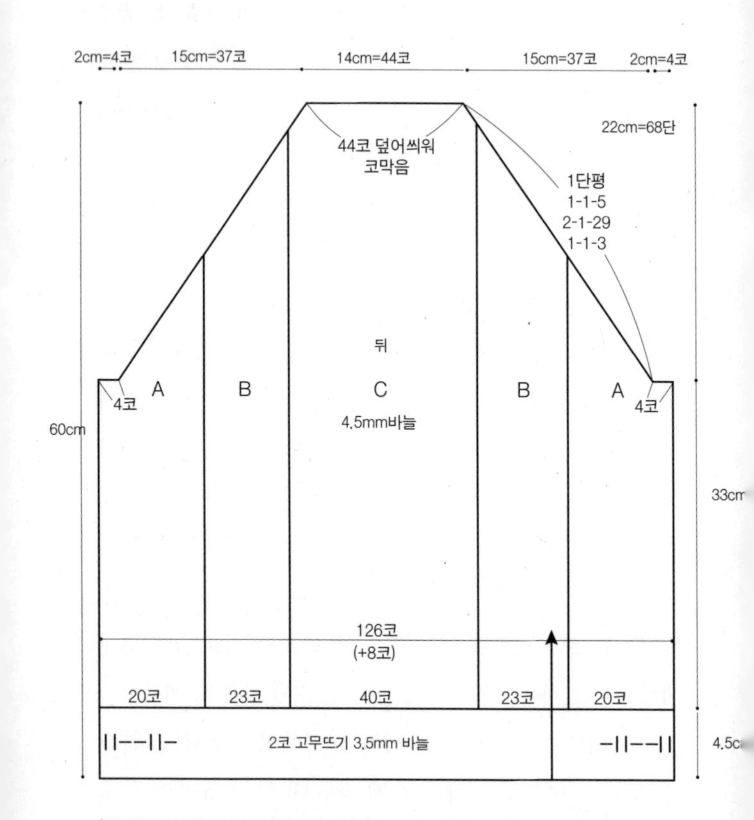

2cm=4코
15cm=37코
14cm=44코
15cm=37코
2cm=4코
22cm=68단
44코 덮어씌워
코막음
1단평
1-1-5
2-1-29
1-1-3
뒤
A
B
C
B
A
4코
4코
4.5mm바늘
60cm
33cm
126코
(+8코)
20코
23코
40코
23코
20코
2코 고무뜨기 3.5mm 바늘
4.5c
48cm=시작코수 118코(시접2코 포함)

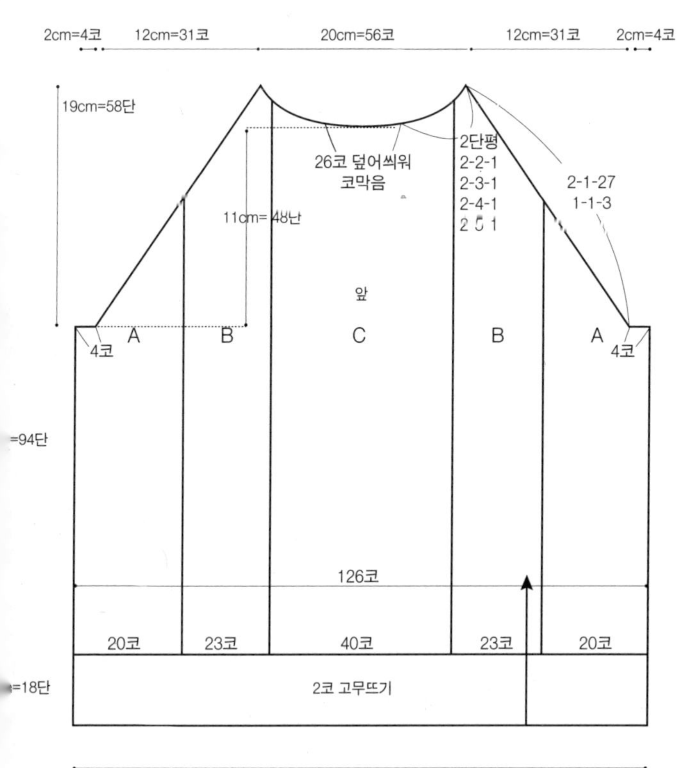

2cm=4코
12cm=31코
20cm=56코
12cm=31코
2cm=4코
19cm=58단
26코 덮어씌워
코막음
2단평
2-2-1
2-3-1
2-4-1
2-5-1
2-1-27
1-1-3
11cm=48단
앞
A
B
C
B
A
4코
4코
=94단
126코
20코
23코
40코
23코
20코
=18단
2코 고무뜨기
시작코수 118코(시접2코 포함)

소매 펼친 그림

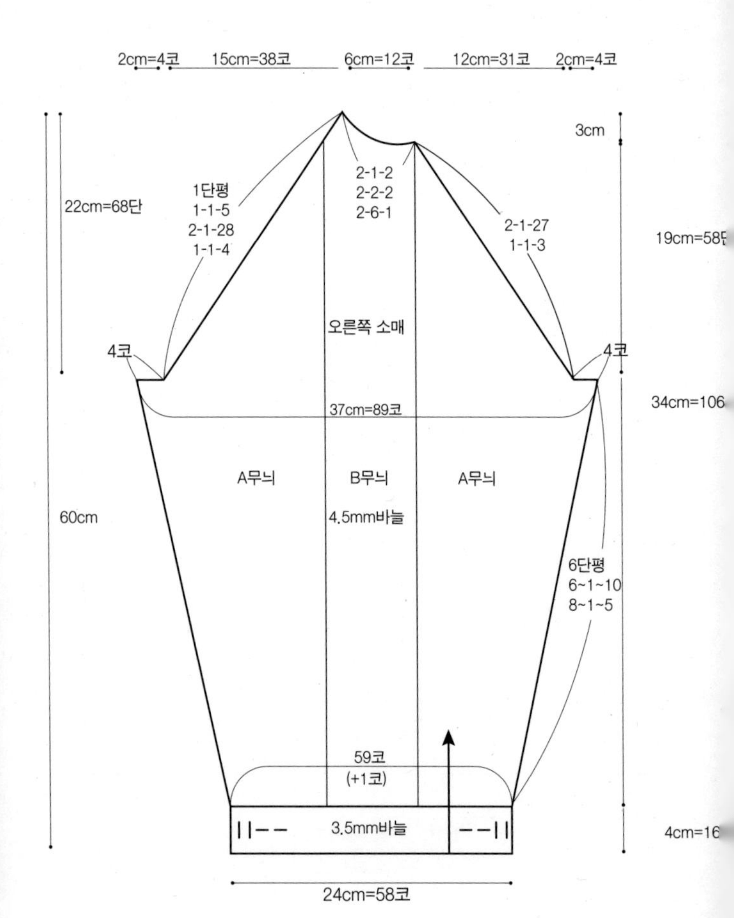
2cm=4코
15cm=38코
6cm=12코
12cm=31코
2cm=4코
3cm
22cm=68단
1단평
1-1-5
2-1-28
1-1-4
2-1-2
2-2-2
2-6-1
2-1-27
1-1-3
19cm=58단
오른쪽 소매
4코
4코
37cm=89코
34cm=106
A무늬
B무늬
A무늬
4.5mm바늘
60cm
6단평
6~1~10
8~1~5
59코
(+1코)
3.5mm바늘
4cm=16
24cm=58코

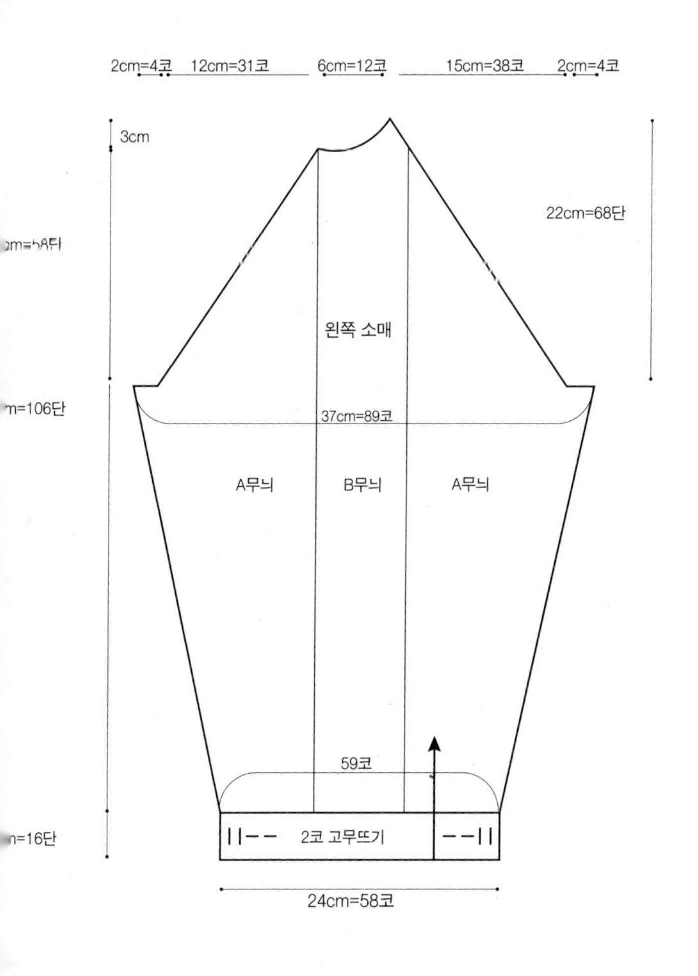
2cm=4코
12cm=31코
6cm=12코
15cm=38코
2cm=4코
3cm
22cm=68단
왼쪽 소매
m=106단
37cm=89코
A무늬
B무늬
A무늬
59코
2코 고무뜨기
n=16단
24cm=58코

뒤 몸판

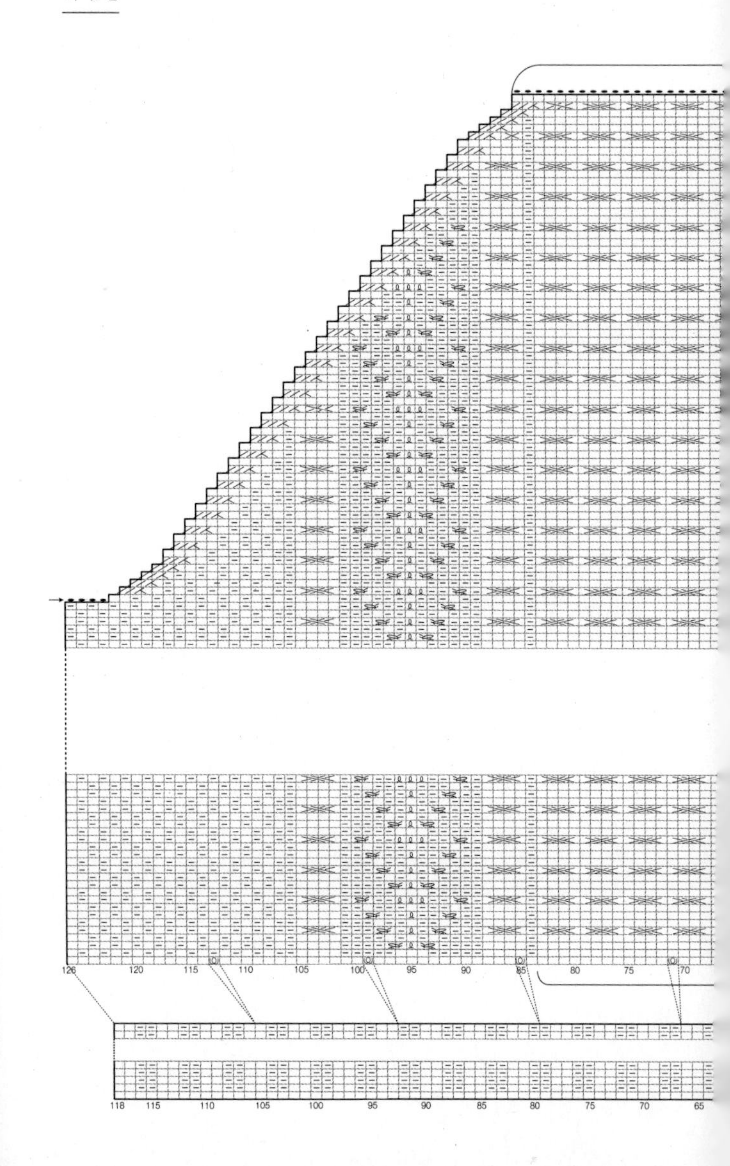
126
120
115
110
105
100
95
90
85
80
75
70
118
115
110
105
100
95
90
85
80
75
70
65

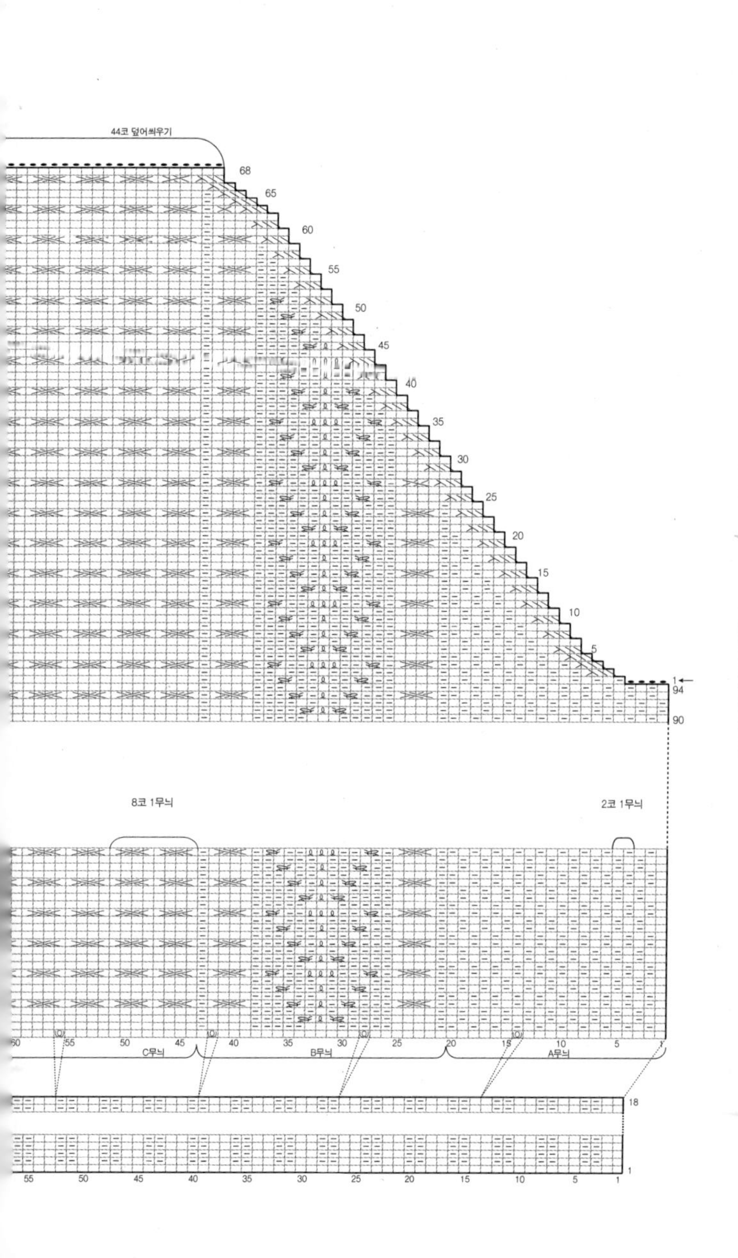
44코 덮어씌우기
8코 1무늬
2코 1무늬
C무늬
B무늬
A무늬

몸판과 소매잇기

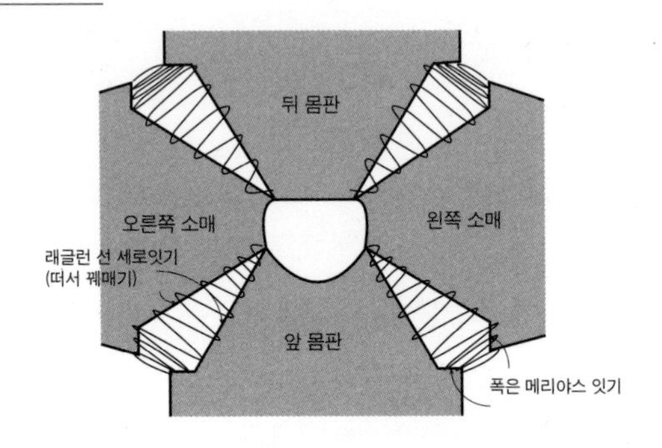

앞 몸판

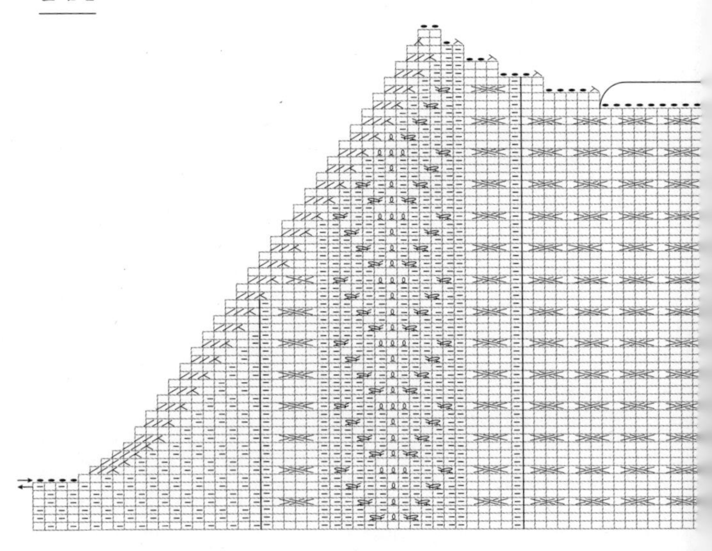

목둘레 둥글게 뜨기

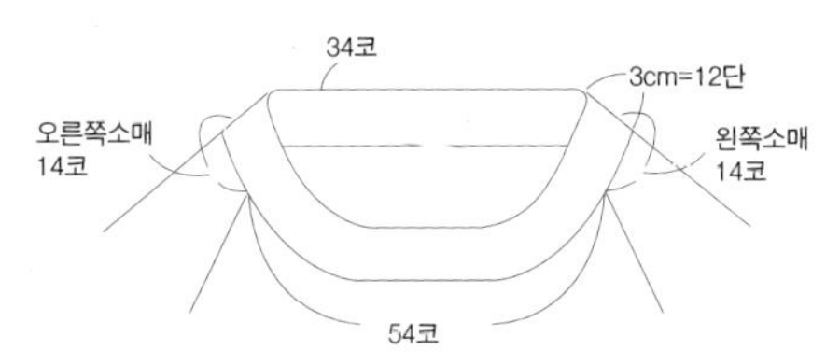
3.5mm 바늘로 총 116코를 주워
2코 고무뜨기를 한다
34코
3cm=12단
오른쪽소매
14코
왼쪽소매
14코
54코

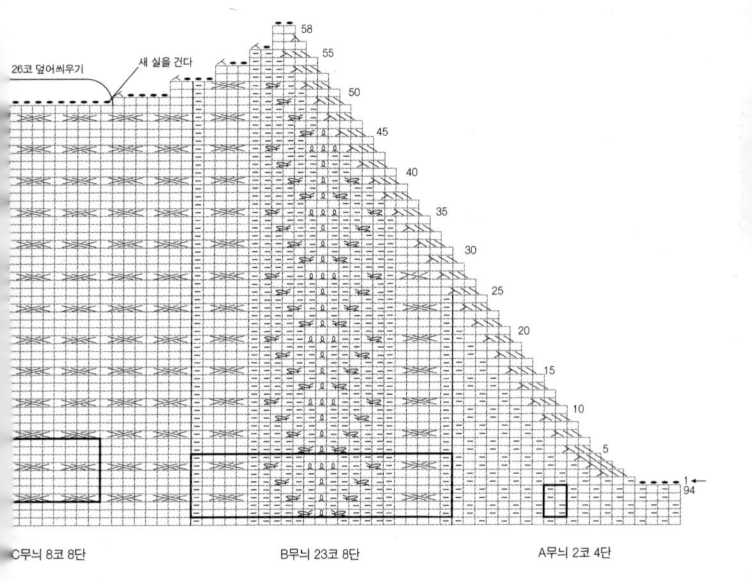
26코 덮어씌우기
새 실을 건다
58
55
50
45
40
35
30
25
20
15
10
5
1
94
C무늬 8코 8단
B무늬 23코 8단
A무늬 2코 4단

왼쪽 소매

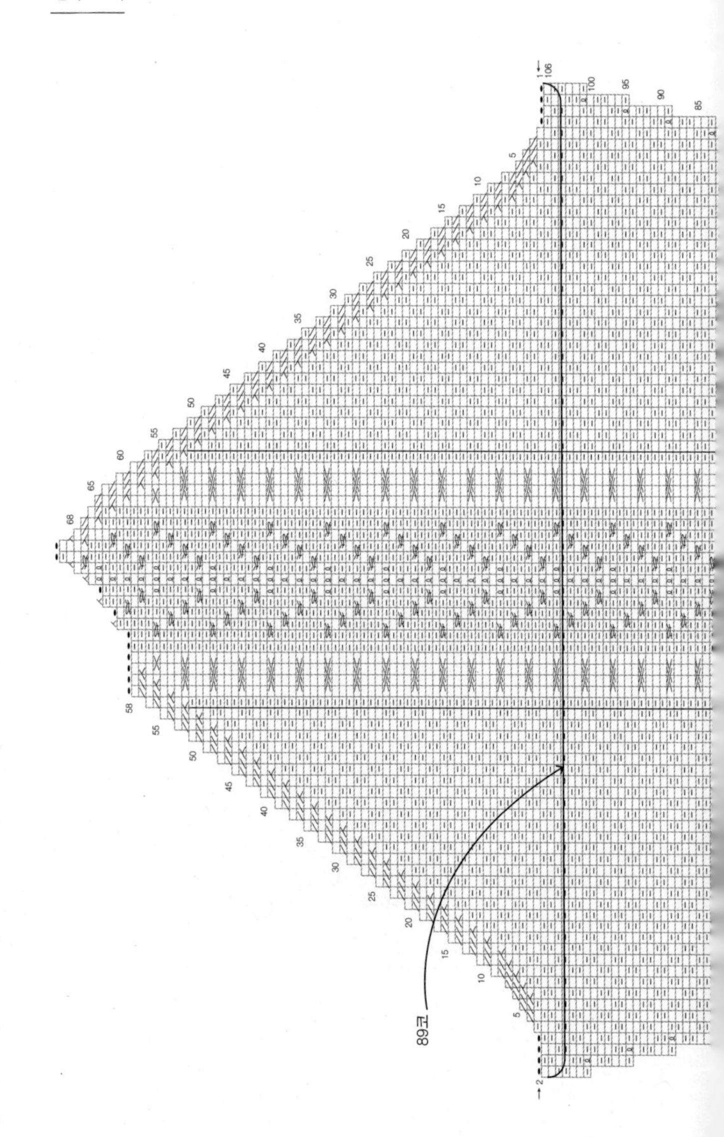

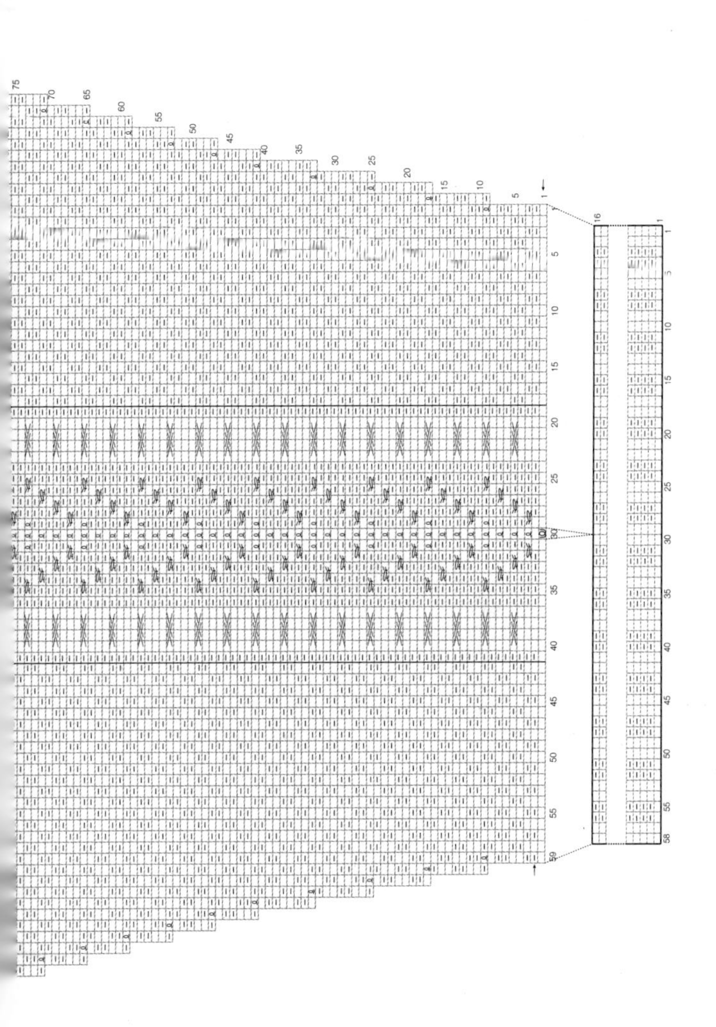

오른쪽 소매

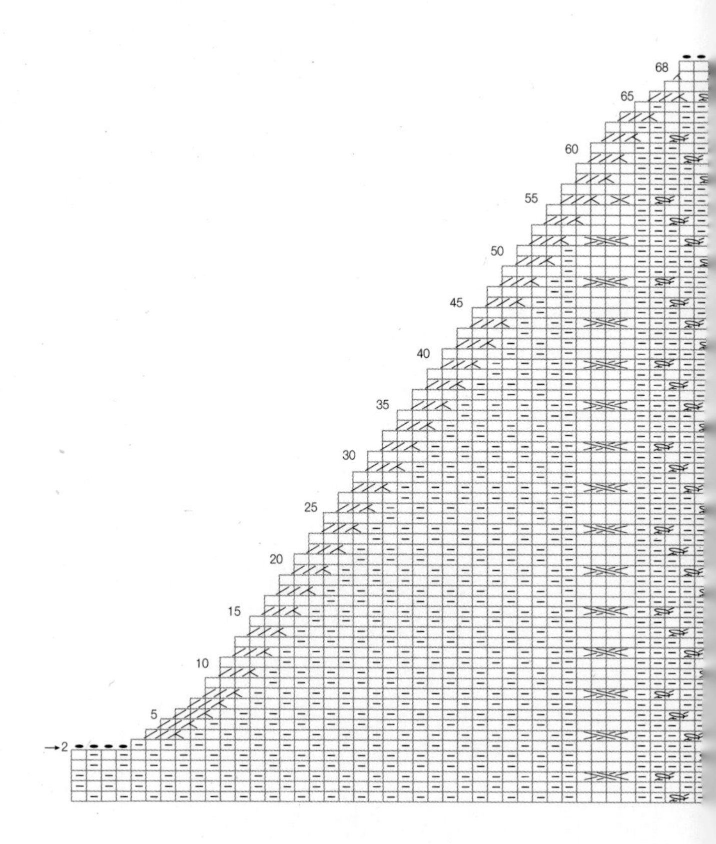

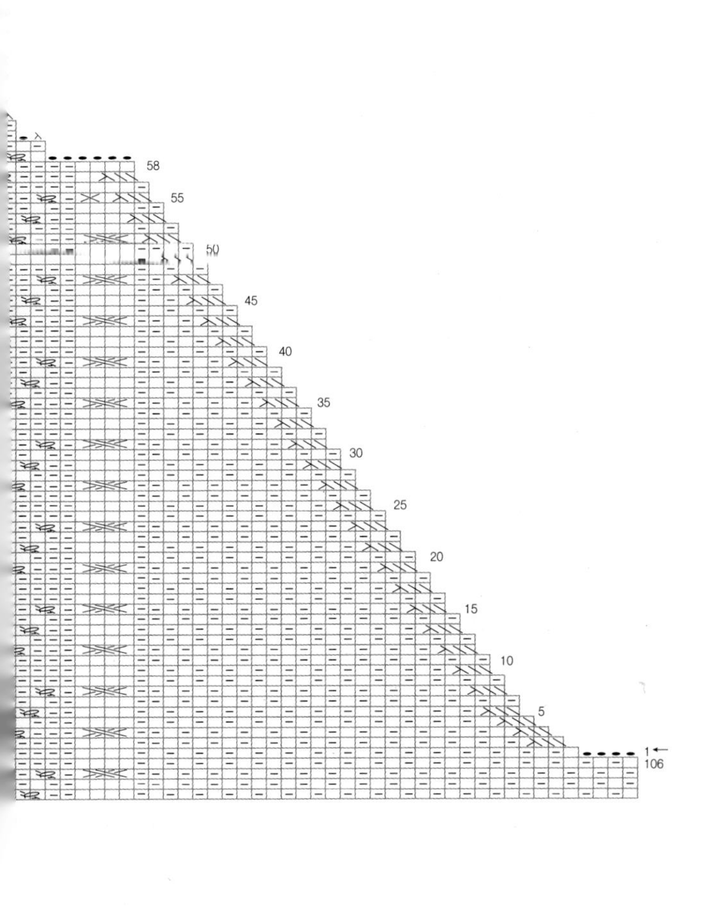
58
55
50
45
40
35
30
25
20
15
10
5
1
106

나를 만든 세계, 내가 만든 세계
'아무튼'은 나에게 기쁨이자 즐거움이 되는,
생각만 해도 좋은 한 가지를 담은 에세이 시리즈입니다.
위고, **제철소**, **코난북스**, 세 출판사가 함께 펴냅니다.

아무튼, 뜨개

초판 1쇄 2020년 11월 27일
초판 6쇄 2024년 9월 30일

지은이 서라미
펴낸이 김태형
디자인 일구공
제작 세걸음

펴낸곳 제철소
등록 제2014-000058호
전화 070-7717-1924
팩스 0303-3444-3469

right_season@naver.com
instagram.com/from.rightseason

ISBN 979-11-88343-37-9 02810